第二輯
風雲變幻
卷6邪神
尋龍記
第二輯（終）
無極
著

目錄

第一章　智鬥瘟神

沙皮狗被劉邦的突然歡呼，驚喜得一骨碌從地上爬了起來，頓忙問道：「縮哥，有何妙計?不知小弟可能否幫得上什麼忙嗎？」

劉邦拍了一下沙皮狗的肩頭道：「少不了你的一份!你這傢伙雖沒有半點武功底子，可卻是我最忠心的一個死黨。可這次擒任橫行只鬥智不鬥力，所以擔擔抬抬，執頭執尾的事，還是可以讓你做的。嗯，哪個地方有強力迷藥可弄呢？」

沙皮狗見自己也可參與行動，興奮非常，頓答道：「要強力迷藥還不好辦，周苛那兒多得是，藥性連壯馬吃了也會被迷倒，去他那兒弄些來就是了嘛！」

劉邦聽了大喜道：「那還不快走!咱們今天還要買許多擒瘟神的法寶呢！

嗯，幸好，有周苛和春香、夏香給自己二十幾兩銀子，應該夠買戰略品了吧！」

入夜初更時分，劉邦攜了沙皮狗，帶著一堆大包小包偷偷溜進了怡春院春香房內。

見了劉邦，春香面色緊張的低聲問道：「大鼻，你……怎麼還沒逃走啊？」

劉邦上前輕捏了春香的臉蛋一把，笑嘻嘻的道：「捨不得我的甜心啊！」說著，忽地面色一沉的道：「我有個重要的事情要告訴你們，快去叫其他三香也到房裡來！這事可關係到你們的生命安危，是我費了九牛二虎之力才打聽來的消息！」

春香聽了臉色一緊，劉邦已推了她一把道：「快去！事態嚴重，不可拖延時間！」

春香忐忑不安，心中充滿疑問，依言而去。不多一會，四香個個面色蒼白的進得房來。

劉邦不待四女發話，便已裝作探頭探腦的察聽了一下外面的情況，再雙目一掃四女，壓低聲音道：「我剛剛得來的天大秘密，你們四人之前接待的大豪客，其實是個殺人不眨眼的大淫魔，也是新近傳聞的瘟神任橫行了，你們怡春院四香便是瘟神在我們東郡城所選定來淫殺的目標！」

四女聞得劉邦這話，齊齊臉色大變，驚恐道：「啊？怪不得他長得這麼陰森可怕，原來是……是瘟神啊！這……我們現在該怎麼辦啊？」

劉邦揮手作了個肅靜的姿勢，面色一整，一臉正氣的道：「你們都是我的甜心，我又怎會知你們有危險而棄你們不顧呢？這豈不太辜負了你們平日對我盧綰的一份深情？今次我來就是準備拚了老命也要救你們的！只要擒下了這淫魔，每人可得黃金二十兩，並且外送給你們每人一個老公！」

四香聽了一齊都驚喜的叫了起來道：「哇！黃金二十兩，老公一個！嗯，我們不做妓女後，可不可以選大鼻你做老公啊！」

劉邦心想，管你們選誰做老公呢！我又不是真正的大鼻盧綰，就暫且應承下你們來吧！反正到時候你們又不是賴著我！如此想來，當下欣然應允道：「求之不得！能得你們四個如花似玉的嬌嬌女為妻，可正是我盧綰的福氣呢！」

四香中的夏香忽地眉頭一皺道：「可是大鼻，那瘟神那麼凶悍，武功高強，憑我們幾個手無縛雞之力的人，卻是怎麼抓他呢，我看還是不如報官吧！讓那些官兵來抓他，可安全穩當得多！我們也不用冒險了！」

劉邦瞪目張口道：「傻妞，怎可以報官讓官兵來抓瘟神呢！賞金豈不沒了，你們還怎麼贖身？怎麼做我大鼻的老婆？怎麼發達啊？」

春香附和道：「對啊！不能報官！以大鼻的絕頂聰明才智，一定可以想到好辦法來對付瘟神的，我們只需做個助手就可以了！反正在青樓裡過的也是非人般的痛苦生活，我們還不如隨大鼻賭他奶奶的一把！」

劉邦聽了擊掌道：「春香說得對極了！不過，我盧綰想出來的絕世妙計確是絕對不會讓我的幾個寶貝甜心受到任何傷害的！只要你們聽從我的指揮調度安排，包保計畫成功，擒住瘟神我們就都可發達了！」

說罷，提起放在地上的一個大包袱道：「來，先為我把戰衣穿上！」

四女已是被劉邦完全給說服了，聞言當下解開包袱，取出裡面的戰衣，七手八腳的為劉邦穿了起來，不大一會就已穿好，倒真有幾份英明神武的姿態。

夏香端詳了劉邦一陣，衝上前去吻了他一口道：「哇，大鼻，穿上這套戰衣，你看上去好酷噢！真像一個征戰沙場的大將軍呢！」

劉邦心下嘿嘿笑道：「我本就是個大將軍嘛！有什麼大驚小怪的！」

心下想著，口中卻是道：「這是我從周苛那兒借來的，雖然舊了點，但到時也會有神奇威力的，戰衣經我改造已是妙用無窮，可以橫掃千軍了！」

說著又一揚拳頭道：「憑我的奇謀妙計，瘟神也會變成隻瘟老鼠，再也橫行不起來！你們看我的就是了！」

冬香仍是有些不放心的道：「大鼻，你真有把握擒住這大淫魔嗎？」

劉邦舉起雙臂，意氣風發的道：「我盧綰武功蓋世，加上妙計，贏定了！」

說罷著四女圍桌坐下，放低聲音道：「所有的戰略品都已藏在後院，我們如此如此這般這般……去佈置，聽明白了嗎？」

四女齊聲應道：「明白！」

劉邦心下大叫「搞定！」口中卻又問道：「大淫魔最喜歡吃些什麼東西？」

夏香搶先答道：「他最喜歡吃辣！生吃幾十根朝天椒也面不改色！」

劉邦拍了一擊掌道：「好極！明早弄碗酸辣湯給他端去，把迷藥放進裡面，有辣味遮蓋，迷藥的澀味他一定不會察覺！」說到這裡站了起來道：「我們現在就是佈置機關陷阱，天亮之前一定要弄好！」

四女和沙皮狗齊聲道：「好！我們支持你！」

六個人忙碌了幾個時辰，天色已是微明。

春香和夏香當即依了劉邦之言，給任橫行送去了早點。

酸辣湯的嗆人辣味，刺激得本在熟睡的任橫行「呵——欠！」一聲醒了過來，春香見了忙一臉笑容的殷勤道：「大爺早啊！夏香，快拿早點來！」

夏香應了聲「知道」，頓忙把托盤上的早點擺放在桌上。

任橫行爬了起來，先用木盤裡的水洗了個臉，隨後又提起尿壺撒了泡尿，才擴了擴胸，做了兩個舒鬆筋骨的運動，走向桌旁。

春香心跳加劇，強作鎮定的道：「大爺，請用早點！」

任橫行用陰冷的目光掃了一眼床上的早點，上前端起酸辣湯「咕嚕！咕嚕！」兩下就喝了個底朝天，只看得二香又緊張又興奮。

任橫行喝完酸辣湯，搖了搖頸脖道：「哇！他奶奶的，這酸辣湯可真帶勁頭！」言罷一屁股坐在椅上，狼吞虎咽，把桌上早點吃了個精光，才噓了口氣，拍了拍肚皮道：「嗯，差不多飽了！」

二女見任橫行喝下了劉邦說可以迷倒十匹馬份量的迷藥還不昏倒，心下甚是忐忑不安，都睜大雙目，直勾勾的望著他的反應。

「撲通」一聲，任橫行剛想站起來，卻突地只覺一陣頭昏腦脹，一把撲倒桌上，昏迷過去。只喜得二女對望一眼，既是緊張又是興奮，輕手輕腳的走向任橫行，夏香語音激動的道：「謝天謝地，終於迷暈他！」

春香亦也顫顫的道：「先試探他一下，看他徹底昏過去沒有？」

二女當下先是輕探任橫行，見他沒有反應，膽子也大了起來，用力的推搖，還是沒有反應，夏香臉色一舒道：「死豬一樣！想不到事情這麼順利！走，快去通知大鼻，叫他用鐵鍊捆住瘟神！」

春香點了點頭，二女剛待出門，卻見劉邦手提著一條又粗又長的大鐵鍊已是走了進來，從他身後還跟著秋香、冬香和沙皮狗。

劉邦對春香、夏香一點頭道：「妙計第一招已經成功，這是全東郡城最粗的鐵鍊，野牛大熊被鎖住了也別想掙脫！」

邊說著邊雄糾糾氣昂昂的走向暈迷的任橫行，接著又道：「說什麼力敵千軍萬馬，卻還不是栽在我大鼻的神機妙算之下？嘿，擒住瘟神，我盧綰將一舉成名，威震天下，風光透了！哈！哈！哈！」

劉邦正大笑著時，卻突見任橫行身上冒出大量濃煙霧氣。

啊，好濃烈的藥味！

如此想著，心下大震的朝四女和沙皮狗道：「不好！這瘟神運功把迷藥逼出來了，你們快撤退！」

四女和沙皮狗聞言，嚇得大叫「媽呀！」的撒腿狂奔。

一聲冷喝聲中，任橫行巨大的身形果真站了起來，目中殺氣凜凜的直盯著劉邦，一字一字的道：「區區迷藥，怎難得倒老子！小子，上次饒你不死，想不到你這次還來算計我，可是再也饒你不得了！」

劉邦驚駭得渾身直顫，驚恐無比的呆望著任橫行。

奶奶呀！這傢伙的內力竟如此驚人，能在這麼短的時間內逼出迷藥！看來這次是死定了！還好，自己早有提防，佈置了幾道機關！嗯，振作一點誘瘟神入陷阱吧！只需支撐片刻就行了！

心下想來，劉邦當即強打精神，大喝一聲把手中鐵鍊盡力朝瘟神任橫行擊去道：「誰要你饒了，有本事來抓我好了！」

任橫行見劉邦竟然膽敢向自己出手，怒喝一聲，一把抓住擊來的鐵鍊，冷森森的道：「好小子既已活得不耐煩了，老子就成全你吧！」

說著把強勁的內力由鐵鍊傳輸而發，向劉邦擊去。

劉邦身形暴飛，「嘭」的一聲撞在牆上，頓把牆給撞了一個大洞，口中也「嘩」的急噴出一口鮮血。

顧不得胸口有若萬千巨石般壓力的悶痛，劉邦爬起就跑。

任橫行舉拳隔空發出一股內勁，「轟」的一聲巨響，牆壁全然被炸塌，衝著劉邦的身影大喝道：「小鬼，老子今天要將你的手腳撕下來，燒烤來作午餐！哼，想溜！天子腳底也要宰了你這小鬼！」

劉邦聞言，嚇得頭也不敢回的施展毛皮輕功加速快溜。

任橫行虎步如飛隨後急追，心中卻也對劉邦的輕功之高大感詫然。

這小鬼功夫不高，但一手輕功卻也還算比較高明！

劉邦依設計好的陷阱在怡春院拐彎抹角飛奔。

任橫行追了老半天仍追不上劉邦，禁不住心頭火起。

哼，以為拐彎抹角就逃得掉了嗎，真是天真！正為此盛怒的想著時，又是一個轉彎，想也沒多想的就衝了過去，「嘶」的一聲竹枝斷裂聲，緊接著任橫行「啊」的驚叫起來。

原來他竟然不察之下，中了劉邦在此轉彎處用竹枝撐住的漁網之中。

劉邦和四香以及沙皮狗手提三張漁網赫然出現，劉邦大叫道：「姐妹們，用力網大魚呀！」

漁網柔韌，難以發力，任是任橫行功力通天，一時之間也掙脫不出。

再加三張漁網，纏困得更牢固。

劉邦又神氣起來，衝著網中的任橫行嘻笑道：「這是本『天下第一聰明人』設計的第二招擒神妙計，將你變成一隻大螃蟹！」

「啊！可惡！」任橫行在漁網之中邊掙扎邊怒喝道。

任橫行空有一身強橫內力，越是掙扎，漁網纏得越結實，反是使漁網上的無數魚鉤給刺入皮肉之中，痛得他連連哼叫。

劉邦看得晃頭晃腦的道：「發力掙扎啊！反正你已滿身疤痕，再鉤傷點也無所謂的了！哼，想撕我烤來作午餐，你做夢去吧！」

任橫行氣得咬牙切齒，不斷掙扎，當漁網纏至最結實時，驀地大吼一聲道：「橫練金剛身五重天功力！」

語音剛落，只聽得「轟」的一聲巨響，漁網被任橫行發出的雷霆氣勁給炸了個粉碎，再破劉邦第二招妙計。

哇！有沒有搞錯？連四張漁網也罩不住他？早知就多罩幾個網了！

劉邦看得心中大駭，目瞪口呆，卻還不忘對四香和沙皮狗大叫道：「瘟神發威，大家都風緊扯活！」

任橫行震破漁網，怒喝一聲縱撲向劉邦道：「詭計多端的傢伙，老子抓爛你的頭，看你還怎麼去想什麼鬼主意！」

劉邦身形急閃，慌忙中「雲龍八式」又以指代劍施出去，歪了任橫行險險抓著自己的爪勢，心中大叫「辣皮媽媽好險」。

任橫行見劉邦閃過自己的威猛一擊，「咦」了聲道：「小鬼的功夫也挺不錯嘛！」

劉邦閃身著任橫行身後，邊從革囊中探取暗器，口中道：「厲害的還在後頭呢！魔王給本少爺看招！」

說著「哩！哩！」連連拋出兩枚帶刺的鐵球。「噗噗！」鐵球悉數命中任橫行後背，但卻遭他功力震落。

啊喲，果然如傳聞中的刀槍不入，是個鐵人！

今次騎虎難下了！

劉邦暗器刺不著任橫行，當即又轉身便跑。

任橫行見了口中邊叫罵道：「他媽的暗器，只配為老子搔癢而已！」邊緊緊向劉邦追去，兇神惡煞！

劉邦邊跑邊想著：「看來只有用第三招——請君入甕了！」邊想著邊從革囊中掏出本是用來與管中邪等作為聯絡暗號的煙花，同時取出火石點燃。

倏地站定轉身對著身後不遠的任橫行。

任橫行了一愣，也給停下了，心下忖道：「這小子又在玩什麼鬼把戲？」

「蓬！」的一聲煙花爆發直射向任橫行，火力雖是有限，但也絢爛光芒四射，產生大量濃煙，使得任橫行一陣手忙腳亂。

劉邦見了又點燃一筒煙花，衝有些狼狽的任橫行哈哈大笑道：「這幾筒煙花，是賀你『被擒之喜』，好好欣賞吧！」

劉邦手腳靈快，把革囊中的煙花對準任橫行連環發射。

任橫行雖然毫無損傷，但一時之間也被劉邦攪得手足無措。

煙花的絢燦光芒，引得怡春院外的行人納悶。

「未到新年，怡春院幹嘛放煙火？」

「莫非今天是怡春院鴇母的生日？」

行人止步圍觀，議論紛紛。

煙花產生的濃烈霧煙，不多時瀰漫任橫行周圍，使他視野不情，心中卻是更為盛怒，憑聲辨影，怒撲而前。

劉邦見了信心大定，成竹在胸，邊退邊放煙花，口中更嘻笑激怒任橫行道：「快追來啊！你不是橫掃十三郡殺人無數嗎？怎麼現在卻連我這麼一個無名小子也對付不了，是不是名不副實啊！」

任橫行被劉邦氣得暴跳如雷，不分東南西北的依聲緊追劉邦。

「砰——砰！」任橫行突地一個立腳不穩，跌倒在地。

啊！好滑！地面有油！

任橫行急衝之下，冷不防踏入劉邦佈置的桐油中，一雙金靴子頓被滑得身體失去平衡，手忙腳亂的向前急滑。

剛滑至劉邦處，卻見劉邦正在一井蓋掀開的水井旁恭候著自己。

雖想掙扎爬起，但又力不從心，劉邦大笑著伸腿向任橫行剛剛爬起一半的雙腿猛掃過去，任橫行遭了這一絆，整個人拋飛衝前，剛好跌入大井中。

還算任橫行反應奇快，慌驚中雙手也給撐住井邊，正待縱身上地面時，後腦勺突遭及時趕來的劉邦一腳重擊，慘叫一聲還是跌入井裡。

劉邦朝下跌的任橫行哈哈笑道：「早預算到你會用手撐住啦！」

連番情況都出乎任橫行意料之外，他性子又急暴，所以，劉邦算計不可矣！

劉邦對躲在一旁的四香和沙皮狗道：「這下瘟神應該插翅難飛了吧！」

沙皮狗朝劉邦搔搔頭道：「縮哥，瘟神是困住了，可我們如何抓住他呢？」

劉邦拍了拍手道：「方法是餓他五日五夜，待他手腳沒了力氣時，再下去擒他，快方法就是滲桐油至井下放火燒，把他燒死燒暈！」

沙皮狗與四香聽了忙齊聲道：「還有五罈桐油，我們去拿來！」

劉邦看著五人匆匆忙忙跑去拿桐油的身影，哈哈笑道：「對！快好過慢！」

劉邦這話剛落，突地響起一陣「轟隆！轟隆！」的巨響聲，卻見大井方圓兩里見方的地面劇列的震動起來，地磚如波浪翻湧紛紛飛起。

「哇！地震啊！快逃命！」

驀聽得井下的任橫行大吼中傳出道：「橫練金剛身七重天功力！」

只聽得「轟！轟！轟」一陣驚天動地的爆炸聲，任橫行破井而出，其狂猛功力，威能驚天動地，漫天石塊飛舞，不近任橫行的身體就已遭他氣勁炸碎，其勢確是讓人見之心驚膽寒。

劉邦邊跳邊大叫道：「媽呀！天崩地塌啦！」

任橫行毛髮直立，怒目凶芒暴射向劉邦，震天大吼道：「小子，我任橫行今天如不殺死你，誓不為人！」

吼喝聲中身形如電，勁力十足的拳頭向劉邦當胸擊去。

劉邦身形懸空，心中驚駭，嚇得連閃避也忘了。

眼看著劉邦就要被任橫行一拳擊成肉漿，千鈞一髮之際，突地只聽「唰！唰！」數十件暗器的破空之聲擊向任橫行手腕手臂，勁如奔雷，撞歪任橫行的拳勢，劉邦險險逃過一命。

「看刀！」一聲大喝從天而降，卻見是樊噲、周勃、夏侯嬰、管中邪四個救兵趕到了，劉邦見了心下大定，緩舒了一口氣道：「你們……你們來得剛剛好，否則……可就再也見不到我了！」

管中邪詫異的望著劉邦的面孔道：「怎麼？邦兒你……」

劉邦揮手止住管中邪的話道：「不要……不要多說什麼了，先擒住這瘟神再說！他奶奶的，險性送命在這傢伙手上了！嗯，你們是怎麼知道我在這東郡城的怡春院的？」

管中邪道：「我們打聽到任橫行到了這東郡城，所以也便趕來了，可不巧剛趕到不到一個時辰，便看到這怡春院放出的煙花信號，知你在這兒，所以便不約而同的趕來了，誰知剛好救了你！」

劉邦聞言點了點頭，卻見樊噲手執兩柄屠狗大刀，刀勢密如雨下向任橫行猛砍，任橫行雙臂如鐵柱狂舞，瞬間就擋了百多刀。

劉邦見狀頓忙衝站一旁的周勃和夏侯嬰道：「兄弟們，這傢伙刀槍不入，是個辣手貨色！他的武功是橫練金剛身，好威猛的，大家並肩子上啊！」

劉邦、管中邪、周勃、夏侯嬰、樊噲五人把任橫行重重圍住。

任橫行見了這等陣勢，一點也不驚慌，仰天一陣大笑道：「好久沒有遇上強敵了，手腳都生硬啦！你們這幾塊料武功都還不弱，今天剛好讓我舒展一下筋骨。好，都報上名來吧！能死在我任橫行手下，你們也可感到無上光榮了呢！進招吧！」

劉邦知道自己等不宜洩露身分，當下率先喝道：「本少爺是盧綰，他們是我結識的四位好兄弟，乃是江湖中鼎鼎大名的——江南四俠！」

任橫行聽了哈哈嗤笑道：「江南四俠？鼎鼎大名？怎麼我從來未曾聽說過？我說是江南四狗才貼切些！」

劉邦、管中邪、樊噲幾人聽了登時氣得七竅生煙。

劉邦更是又氣又羞又怒又急的道：「豈有此理！你可以殺了我盧綰，但不可以侮辱我朋友半句！任橫行，你以為自己是什麼東西，秦始皇和秦二世的狗而已！是逆反人心的秦王朝的一條忠實的走狗！」

任橫行聽得不怒反笑道：「你們這些市井流氓膽敢作奸犯上叛逆朝廷，全都該死！我任橫行忠心朝廷維護社會穩定治安，這又做錯了嗎？天下的戰亂全都是你們這樣刁民引起的！哼，想抓我去向楚懷王那小牧羊童去邀功嗎？有本事的就來吧！」

劉邦聽得狠聲道：「你這殺人魔王如此冥頑不化，當真是該死！秦皇暴政令天下民不聊生，我們天下義軍反秦，就是要讓秦狗知道，水能載舟亦能覆舟，背叛民心的政權是得不到人民擁護的。今天我們捉拿你既是為民除害，又是為求發達，一舉兩得，何樂而不為？」

任橫行肺都要氣炸了，暴喝道：「發達？去陰間跟閻王發吧！」說著身形如電，大力金剛爪勢如虎威大發向劉邦抓來。

劉邦此時有幫手在側心神大定，頓忙展開了「百擒身法」閃開任橫行的攻勢，口中嘻笑道：「哇！好威猛的老虎爪！但只配抓我的影子而已！有本事再抓來啊！看你……」

劉邦的話還未說完，「噹！」的一聲冷不防被任橫行一腳踢中頭盔。原來任橫行爪勢只是虛招，出腳才是真格，劉邦頭上盜套頓然破爆，人也淒慘的大叫一聲向後暴飛。

幸好有頭盔擋住了任橫行大部分的腳勁，但頭也被踢痛得嗡嗡作響，眼前金星四冒，人也差點昏死過去。

任橫行一招得手，得意的哈哈笑道：「傻仔，以為自己身法很快啊！」

周勃在沛縣是有箭王之稱的神射手，可百步穿針孔，身練「硬氣功」，發箭有如奔雷，可穿石裂牆，見得任橫行得意忘形之態，當下大叫道：「金剛身刀槍不入，但定有罩門，刺他身上重要穴道！」

言罷，「哩！」的一聲弓中架好的長箭已向任橫行腦後風府穴射去。

任橫行痛得大叫一聲，運動腦後一震，勁箭頓碎。

夏侯嬰在任橫行運動震箭之時，也已挺搶向他眉心、咽喉、心坎三大要穴刺去。在沛縣夏侯嬰也有槍神之號！其槍法如神，快捷靈敏，身練「蛤蟆氣功」，可軟可硬，端的也屬一門厲害內功。

槍頭刺得任橫行甚是疼痛，但只痛不傷，大喝一聲，揮出一拳震開夏侯嬰再欲刺的槍勢，心下思忖道：「這幾人武功甚高，不可輕敵！」

一把抓住夏侯嬰槍頭，二人僵持不下的相互槍持時，樊噲揮斧劈向任橫行下盤，任橫行不防之下，上下受擊，不禁被樊噲劈了個震倒在地，樊噲手腕雖麻，但也趁機舉力劈向任橫行丹田。

「骼！」的一聲，樊噲雙斧在銅板上震得他身形暴退。

任橫行連番遭擊，氣得他暴跳如雷，雙拳狂揮讓得幾人無法再近他身，但他因腳穿金靴終是身法沒有管中邪幾個快，「噹！噹！噹！噹！噹！」一連陣，管中邪連續十多劍都刺中任橫行身上要穴，但最多只刺得他悶哼出聲，卻還是傷不了他分毫。

樊噲在任橫行被管中邪刺得大吼暴怒空門大開時，身法如電，繞著任橫行在他身上連劈了二十多刀。

任橫行怒不可抑的衝樊噲大喝道：「你他媽的劈夠沒有?老子現在還你一拳總可以吧！」喝叫聲中，拳勢已是向正在望著手中崩口大刀發怔的樊噲迎面擊來，樊噲驚覺之下見避無可避，當即雙手一推來個硬頂。

「砰！」的一聲，樊噲雙刀被任橫行拳勁擊爆，裂成碎片。

樊噲虎口冒血，身形也被震得暴飛，任橫行再轟一拳，正中樊噲胸口，勁力透體襲擊過來，樊噲胸骨立斷數根，跌地昏死過去。

劉邦見樊噲的精鋼打造雙刀竟也被任橫行一拳擊碎，只驚駭得目瞪口呆，心驚膽寒。

沙皮狗與四香在屋內躲著觀戰，也只看得驚心膽跳亡魂大冒。

任橫行見自己一拳擊中樊噲並沒有如料想中般一拳擊穿他的心臟而也暗暗驚凛佩服，暗道：「一般人吃我一拳已爆體而亡，這使大刀的肥老也算了得了！」

正如此想著，夏侯嬰長槍又已向他耳門穴刺至。

任橫行耳朵一陣劇痛，大叫一聲手爪一揮一把抓住了夏侯嬰回收的槍尖，勁力一吐，槍桿立斷，但這時他正好跨入劉邦等潑有桐油的地面，身形一個不穩，「撲通」倒地，夏侯嬰險險逃過一劫。

周勃見得任橫行跌倒，瞧準時機架箭射向他頭頂百會穴。

「嗤！嗤！」勁箭把任橫行頭頂百會穴射個正著，任他任橫行金剛身厲害，周勃這威猛一箭還是射入頭部半寸。

任橫行痛得慘叫一聲，中箭後竟還擲出搶自夏侯嬰的槍尖，流星趕月般疾射向周勃腹部。

劉邦、夏侯嬰、管中邪三人見了齊聲驚呼：「周勃！」驚呼同時亦也為任橫行的凶悍震驚，心下皆都暗暗祈禱，希望百會穴是任橫行橫練金剛身這怪猛武功的罩門。

劉、夏、管三人見了心下大駭。他的頭頂只受了傷，但卻不是罩門！現在只剩三人了，這……

任橫行頭頂濺血，傷痛催發得他的殺氣更盛，威勢更猛，翻身起來，身形蹬坐沉腰，目中凶光熾烈地望著三人，冷怒道：「你們這三條狗雜種，準備給老子受死吧！」

第二章　黃雀在後

劉邦見得任橫行的姿勢，心下暗暗奇怪，目中望向他腳上的金靴，知道原來任橫行是怕在桐油上再次滑倒。

他已刀槍不入，為何卻還要穿上這麼雙金靴來拖累自己行動身法呢？不會是為了炫耀他的財富吧？要不他大可以穿件金衣或金披風什麼的！

難道……劉邦心下想著忽地面露驚喜之色，轉身拔腿離開戰場。

管中邪和夏侯嬰見了心下又氣又怒又急。

這傢伙，竟然臨陣逃跑，真是沒有義氣！

二人正想著時，任橫行突地哈哈大笑道：「這小子倒見機得早，知道老子要施展出橫練金剛第七重天功力，提早溜了！但老子已誓要殺他，任是逃到天涯海角，我任橫行也誓要抓到他，將他生撕掉！」

夏、管二人騎虎難下，唯有作勢再攻。

夏侯嬰挺舉手中半截斷槍大喝道：「哼，老子就不信找不出你罩門！」

管中邪也長劍一抖道：「就算找不到你罩門，也要硬生生砍死你！」

兩人知生無可避，當下將瀕臨死亡前的最後力氣暴發了出來，施展渾身解數向任橫行展開攻擊，任橫行一時之間卻也被二人給攻得手忙腳亂頻頻中槍吃劍。

這瘟神全身刀槍不入，刺中了他也是浪費力氣！

夏侯嬰心下甚是氣餒的想著，忽地觸著任橫行冷冷的目光，不禁心中一動。

啊，對了，他的雙眼還未招呼過，可能就是了！

心中大喜的想著，槍似靈蛇，連連刺中任橫行雙目。

「啊！」的淒叫一聲，任橫行閉目把頭連晃。

中了！聽他的痛叫聲，雙目該是罩門。

夏侯嬰心下大是興奮的想著時，任橫行驀地大叫一聲「金剛爪！」，爪勢已是向夏侯嬰的咽喉鎖抓而來。

管中邪見了心中大駭，長劍頓向任橫行當頭砍劈下去。

這一劍正劈中任橫行頭頂傷處，痛得他大叫一聲，改爪為拳，雙臂一伸又向夏、管二人擊去。

管中邪警覺性較高，在任橫行痛叫時已閃身避開，夏侯嬰則是爪勢鎖喉之危剛解，面部還是重重中了任橫行一拳。

「啊！」的慘叫一聲，夏侯嬰面部骨頭斷裂，未跌地便已昏死過去。

樊噲此時醒轉過來，但胸口痛若刀割，無力再戰，見著瘟神的虎威只是心下嘆服的想著道：「瘟神果然名不虛傳，確是威猛無敵！」

任橫行雙目被夏侯嬰刺中，痛得流淚不止，視線亦模糊不清。

現在只剩下兩隻狗種了，只需動用五重天的功力應可擊殺他們！

管中邪雖只孤身一人了，但卻還是鬥志如虹，挺劍再次向任橫行進擊。

「鏘！」的一聲長劍劈在任橫行拳頭上，任橫行哈哈大笑一聲，拳頭向管中邪長劍一衝，口中嗤笑道：「在老子面前，什麼武器都如玩具沒分別！」

話音剛落，只聽得「崩！」的一聲，管中邪手中長劍被任橫行拳勁擊斷。

任橫行大笑聲中接著又衝出一拳道：「禮尚往來，也還你一拳！」

管中邪頓覺勁風壓胸而未，還沒來得及還擊，任橫行拳頭已是如閃電般擊至。

管中邪暗叫一聲「我命休矣！」正等閉目受死時，突地只聽得劉邦一聲大叫道：「我來了也！」

一罈桐油，向任橫行當頭砸下。

任橫行最為痛恨的就是劉邦，見他突然回來向自己出擊，怒喝一聲，把擊向管中邪的拳勢一變，向上一伸，狠狠的回敬了劉邦一拳。

劉邦身形如脫線風箏般暴飛而出，在空中「嘩」的噴出一口鮮血。

管中邪以為劉邦必死無疑，氣恨得雙目發赤，大吼一聲道：「老子跟你拚了！」

管中邪發狠起來，雙臂從後緊緊勒住任橫行頸脖，口中歇斯底里的大喝道：「勒死你！勒死你！還我女婿命來！」

劉邦被任橫行一擊暴飛跌地，胸口痛得撕心裂肺。

哇味！瘟神好厲害！幸好有護心鏡擋住，要不可就一命嗚呼了！

劉邦正扶著胸口掙扎著坐起來了，任橫行突地大喝一聲道：「想勒死我！門都沒有，給老子死吧！」說著反手向管中邪腹部反手一記肘撞。

「啊！」管中邪慘叫一聲，肋骨當場傷裂，暴跌下地。

劉邦看得心下又驚又怒，急忙從懷中掏出一支煙花筒。

瘟神已滿身桐油，不管三七二一，靠這最後一招了！

「嗤——！」煙花被火石點著，「蓬」的一聲中任橫行射去。

「他媽的，又來煙火這一套，討厭！」任橫行喝罵聲中拳拳擊向射來煙花。

但這次他卻失算了矣！煙花火芒，頓燃起瘟神身上桐油。

「哇！」的慘叫起來，任橫行厲叫如鬼哭狼嚎，暴跳如雷，但任他怎樣身上火勢卻是越燒越旺，發出「啪！啪！」的油炸之聲。

樊噲在旁見了大喜，暗暗敬服劉邦機智過人。

熊！熊！熊！——火焰越燒越烈。

烈焰焚身，任橫行被燒得亂蹦直跳滾倒在地，驀地大吼一聲道：「橫練金剛身八重天功力！」

燒痛之下，任橫行再難忍受，猛勁暴震，身形在空中翻飛不止，逼開火焰，銅鞭是硬物，亦同時被震個粉碎。

劉邦見了大喜，衝樊噲大叫道：「樊老大，快衝上去把瘟神攔腰抱住，我要射他的湧泉穴！」說著掏出了幾枚暗器。

樊噲「好！」的應聲，強忍住身上劇痛，擠出最後一絲餘力，飛身抱住任橫行。

劉邦運足勁度喝了聲「去！」暗器破空而去，射向任橫行腳心湧泉穴。

任橫行登時厲聲慘叫，氣勁猛然再次暴發。

樊噲頓被狂猛罡氣給撞擊得向後暴飛，雙臂折斷，幸得劉邦衝上前去一把接抱住了他，才使得他免得跌地之痛。

劉邦苦笑的望著臉上肌肉都已扭曲了的樊噲道：「樊兄弟，振作點呀！」

樊噲有氣無力的道：「振作個屁！再也沒力氣了！」說完竟昏了過去。

劉邦放下樊噲，望向正撕心裂肺的慘嚎聲連連不絕的任橫行。

「湧泉穴該是他的罩門吧！要不他為何穿金靴保護呢？破了他的金剛身，瘟神就再也凶不起來，只能任由老子宰割了！哈哈，擒住任橫行到楚懷王那裡領賞！老子發達了！」

劉邦心下美滋滋的想著，目光卻是一直未曾離開任橫行，只見他全身突地劇烈抽搐起來，骨骼收縮，氣勁四洩。

劉邦果是猜對任橫行罩門了！

淒厲的痛叫聲中，任橫行在地上翻滾掙扎不止，但勁力迅速消散。

不久，橫行天下的瘟神，已像一攤爛泥般癱瘓地上，傷重昏迷。

任橫行自練成橫練金剛身後，格殺千軍萬馬和無數高手也未曾一敗，連練有九天神功的秦始皇也不敢輕言可勝他，就是做夢也想不到今天竟會敗在一個出身市井流氓的小子劉邦的手下，劉邦見任橫行終於昏死過去，鬆了一口氣，喜極的大叫道：「成功了！」

沙皮狗這時也從屋中奔了出來歡呼道：「恭喜綰哥，大功告成，威震天下啦！」

劉邦待沙皮狗到身邊時，拉過他低聲道：「狗仔，快去瘟神的房間找他銀兩！」

沙皮狗嘻嘻笑道：「收到！」一溜煙的跑去。

四香這時也放心的走了出來，劉邦朝她們揮了揮手道：「眾姐妹，去把所有的鐵鍊拿來捆綁瘟神！並去找樂郡城最好的大夫來為我受傷兄弟治傷！」

四香也依命退去，不多一會，春香和夏香拿了鐵鍊來遞給劉邦，劉邦在為瘟神捆綁時，沙皮狗又回了來，遞過一個包裹給劉邦喜道：「綰哥，這傢伙的錢囊裡份量可不輕啊！有十兩黃金和五十多兩銀子哩！」

劉邦順手接過道：「正好解我燃眉之急，可有醫藥費為我眾兄弟療傷！」

正說著時，鴇母和龜奴忽地不知從什麼地方冒了出來，衝劉邦眉開眼笑道：「恭喜恭喜！盧相公英明神武，抓著殺人魔王瘟神可真是發達了！秦嘉將軍的手下隨後就到，盧相公把瘟神交著他們，就可升官發財了！」

劉邦聽得怡春院鴇母的話，心下大是驚駭。

現在該怎麼辦呢？自己的四個靠山個個被瘟神打成重傷，已是無力再保護自己了。

沒了他們的相助，憑自己可不是人家的敵手。

該死的鬼魅使者，到現在也還不現身，真不知給死到哪兒去了！

這東郡城可是人家秦嘉的地盤，欲話說「強龍不壓地頭蛇」，自己這次可真是白廢心機一番，功勞付於流水，為人做嫁衣裳了！

唉，現下搶功是其次，還得想法子保往自己這幾人的性命才是真正最重要的！

劉邦心下唉聲歎氣的惱恨想著，可又實在想不出什麼兩全其美之策。眼下只好隨機應變了，暫且主動把瘟神交他們去邀功，先救自己岳父和幾位兄弟再說。

嗯，岳父管中邪和樊噲、周勃、夏侯嬰幾人，秦嘉手下也有人識得他們，可得先把他們幾人安置好避過他人耳目，否則自己幾人小命可就都有危險了！

想到這裡，劉邦望了正一臉逢迎媚笑望著自己的鴇母，心下頓然有了定計，從革囊裡掏出一錠足有五兩重的黃金遞塞到鴇母手中，指了指躺倒在地上的四人道：「快準備上等廂房給我的兄弟療傷，給你每天二十兩銀，這五兩黃金作為定金，待我領到賞金發達之後，再另有重賞，不知鴇母可否願意？」

鴇母聽說劉邦擒下了任橫行，已是趕忙去報了丁公城守領了一筆賞金了，也知劉邦將會是隻大肥羊，手裡接過金錠，奉承的眉開眼笑道：「同意！同意！盧相公擒下瘟神威震天下，日後可就成為貴人了！可別忘了我這怡春院啊！」

劉邦看得鴇母的小人醜臉，心下甚是厭惡，罷了罷手道：「快著人把我眾兄弟抬進房去休養吧！還有請全城最好的大夫來為他們療傷，不要讓人去驚擾他們，事後我賞你五十兩黃金！」

在那年代，一兩黃金就相當於二十兩銀子，五十兩黃金可就是一千兩銀，這可是筆不小的財富了，怡春院半年的收入也只有這麼多。

鴇母聽了喜得屁股都樂歪歪的，忙連應「全仗盧相公關照」，當下也指揮龜奴著人把周勃、樊噲、夏侯嬰、管中邪四人抬回房去。

安置好四人，劉邦大是鬆了一口氣，當下坐到怡春院去著人端來茶水，表面悠閒、心下焦煩的細品起茶來，靜候丁公等來提捉任橫行。

但左等右等了好一陣卻仍是不見人來，不由得大是疑惑不解起來。

這沒道理的嘛！丁公聽說任橫行遭擒，應是急不可耐的趕來提人才對，可怎麼這大半個時辰了，卻還是不見人來呢？

難道是他們不相信憑自己這「盧綰」無名小卒，會擒下任橫行？還是他們遭人攔截沒法來了？

他奶奶的，無論是什麼原因，老子現在一時之間也是沒法安然逃回豐邑去，他們既然不來要人，老子就行行好索性去交人吧！

沒辦法的啦！虎落平陽被犬欺，老子還是委屈求全一下吧！待幾個兄弟和岳父他們的傷養好了，自己找著了四大鬼魅使者再來他個回馬槍，在半路上去劫搶任橫行！

如此想來，當下著沙皮狗去弄了一輛馬車來，把任橫行抬放進車廂，又著沙皮狗和四香看好自己的幾位朋友，自己則駕了馬車向東郡城郡府馳去。

此地已是日上三竿，劉邦趕到郡府大門前停下馬車，大踏步向門前的申冤鼓走去，取下木棒，舉手就是一陣「咯咯咯」的猛擊。

大門前站著守衛的幾個武士見了，識出擊鼓之人是「盧綰」，當即朝他邊衝過來邊大喝道：「喂喂，盧綰，你來郡府搞什麼鬼？是找死啊！」

劉邦冷傲的道：「快去叫丁公出來收貨！」

一個走近來的武士嗤笑道：「你算什麼東西，大人是你隨傳隨到的麼？」

劉邦把手往腰一叉，大聲道：「狗眼看人低！給老子聽好了，本少爺是來提交任橫行邀功領賞的！還不快去叫丁公來！」

幾名武士聽得任橫行之名臉上神色大變，但旋即又是一陣哈哈大笑道：「盧綰，你吹什麼牛啊？憑你……可以抓住任橫行？是不是腦袋有什麼毛病啊？滾！不要在這裡瞎攪和了！否則可別怪我們對你不客氣！」

劉邦心下暗罵一聲，口中卻是冷笑道：「好！你們不信，我就讓你們見識見識！」說著身形一閃，自馬車車廂內把任橫行巨大的身體吃力的給拖了出來。

幾名武士舉目一看，身綁重重鐵鍊的人正是秦嘉將軍畫像下的殺人魔王任橫行，嚇得大叫「我的媽呀」，撒腿欲跑。

劉邦見了哈哈大笑的喝止道：「站住！任橫行已被老子點了穴道，用金針封了他的罩門，已經不是瘟神而是隻病貓了，你們還這麼害怕幹什麼？給老子聽著，快去傳丁公出來！否則老子到時娶了秦嘉將軍之女秦鳳，做了秦將軍的乘龍快婿，又被封為秦嘉將軍手下第一武士都統時，你們幾個可就都給老子小心腦袋不保！」

劉邦這話果然把幾名武士給震住了，全都被點了穴道似的頓然住了腳步，轉過身來，對劉邦態度大為轉變的大拍馬屁道：「哎呀，原來盧兄弟立了此等大功了！日後飛黃騰達可還請多多關照一下小的幾人噢！嘿，不是我們不去為盧兄弟傳報丁大人，而是丁大人現刻不在府中，聽說是去怡春院辦什麼事去了，所以盧兄弟還請多多見諒才是！你先去府中休息一會，我們這便去怡春院通報大人回府！」

劉邦聽得這話，心中大感詫然。

唉，自己剛從怡春院趕來，怎麼……難道真是有什麼高人相助不成？

這……不會是鬼魅使者吧？要是他們的話，沒道理不出面與自己相見的！

那……這到底是怎麼回事呢？

劉邦百思不得其解，但又想著自己即使有高手相助，也暫時無法離開東郡城，目下唯一之計還是只得利用丁公他們才行。

想到這裡，當下對幾名武士道：「不用了！丁大人有事我還是在府中等他吧！反正我也不急，有的是時間等。」

幾名武士聞言連連應「是」，當下幫忙抬了任橫行，擁著劉邦進得郡府，對他百般恭順。

劉邦心中大爽，真是三十年河東三十年河西，自己前次來這郡府那麼孬，這次可就不同了，有這麼多人服侍自己！

心下美滋滋的想著，當下擺開一副高高在上的姿勢，對眾武士冷冷地道：「你們還是去堅守自己的崗位去吧！我在這裡隨便走走！」

幾名武士已被劉邦震攝住了，試想他連讓人聞風喪膽的瘟神任橫行也給擒住了，那他一身功夫自是更加駭人聽聞！

當下無人敢違抗劉邦這未來「大紅人」的命令，齊都恭身依言退下，不敢多說什麼！

反正他擒了瘟神，不久定會被秦嘉將軍重用，是個大人物，在這郡府內隨便走走也沒什麼大不了的！再說如果自己出言阻攔，惹火了他，那可就或許要小命不保了！

劉邦待眾武士退去，當下在郡府大廳內東瞧瞧西摸摸，不知不覺竟走出了大廳，向郡府內走去。突地一陣低語的談話聲引起了劉邦的關注，仔細一聽竟是丁公和秦嘉女兒秦鳳的聲音，這讓得劉邦心神大震，當下凝神側耳聽去。

只聽得秦鳳發怒道：「丁大人，你這是搞什麼鬼？那盧綰與他的幾個同黨既然擒下了瘟神，你為何不把他帶押回來呢？」

丁公陪笑道：「小姐你有所不知，屬下對那盧綰的身分大起懷疑，因為助他擒瘟神的那四人正是一支義軍首領劉邦的四名手下，他們為何會聽命於盧綰這小子呢？所以屬下沒有冒然出面，而是暗地裡趕了回來與小姐商量對策！」

秦鳳哂道：「即便是劉邦又怎麼樣呢？這東郡城可是我們的地盤，他劉邦也只得任我們宰割！哼，本小姐本想領教領教那瘟神的高招。想不到卻是計畫泡湯了！這盧綰真可惡！」

劉邦在旁聽得心下暗暗又驚又急，對秦鳳這話卻是冷哼的想道：「小娘們也想會會瘟神？不被他當場給剝光衣服才怪！」

正如此想著時，丁公又已嘿嘿奸笑道：「大小姐武功超絕，那瘟神自不是你的敵手了！不過那盧綰如真是劉邦假扮的話，那我們也不可輕舉妄動！據聞他手下有一幫神秘莫測的高手相護，我們如驚惹了他，也一時之間不好對付，所以我們反不如讓他押解瘟神去彭城見楚懷王，而我們著人在半路上伏擊劫人，如此一來我們可以少受瘟神任橫行的威脅，二來又可避免他派勢力中途劫搶瘟神而讓那劉邦他們去頂禍，可我們卻還是照樣可以拿瘟神去邀功！」

秦鳳沉吟了一會後道：「可如那盧綰是真的，不是劉邦冒充的呢？那我們該怎麼辦？」

丁公嘿的又奸笑了聲道：「如盧綰不是劉邦冒充的，他定會提押瘟神來郡府領賞，所以瘟神還是會落到我們手上的！」

秦鳳似想起了盧綰三番兩次對她的調戲，又氣又怒的道：「如盧綰來領賞，可真……真會按告示上所說，要把本小姐嫁……這個可不行！」

丁公安慰道：「小姐休怒，盧綰乃一介地痞流氓，小姐的千金之體又怎麼嫁給他呢？我們可以隨便打發他一些賞金，放了他父母就是了！要知道東郡城現在是由我們管制，自古民不與官鬥，我們現在在東郡城是官，自是可以由我們說了算了！至於那劉邦的四個手下麼，如果盧綰不是劉邦，我們可以擒下他們作為人質，讓劉邦不敢向我們暗中下手！」

秦鳳不以為然的道：「隨便你了！此事我們可得通報我爹，由他來做處決！」

丁公笑了笑道：「秦將軍早就暗中來了東郡城了，他只是沒有張揚，所以……」

秦鳳湧起一股被騙的感覺，怒聲截口道：「所以他連我這作女兒的也瞞著！因為他不敢說自己來了東郡城，怕任橫行去找他，以利用我來作擋箭牌！知道任橫行好色，所以著我去逛街引出任橫行！哼，我現在要見我爹！」

丁公頓忙勸解道：「哪裡呢？秦將軍只是想對瘟神來個出其不意的突襲，一舉擒下他罷了！要知道任橫行一身橫練功夫已達到了刀槍不入的出神入化之境。

凡事是應該小心點的啊！不過現在沒事了，瘟神已經遭擒，待時秦將軍提了他去向楚懷王邀功，封王封侯的，小姐可也就有享之不盡的榮華富貴了！」

再聽下去盡是秦鳳的一些牢騷和丁公的一些馬屁，劉邦心懷不安的輕手輕腳退至了大廳。

他奶奶的，秦嘉這老狐狸可真夠陰險奸詐的！

幸得自己無意中偷聽到了他們的秘密。

現在該怎麼辦呢？自己的身分還好見機得快暫時沒有被識穿，可是岳父管中邪和樊噲、周勃、夏侯嬰他們呢？已被秦嘉他識了出來，又重傷在身，這……現次可真是偷雞不著反蝕米了！不過，無論如何自己也得設法救他們，大不了陪他們一起死！

劉邦定了定心神，望著躺在地上的瘟神任橫行發呆。都是這傢伙在作怪！秦嘉他機關算盡，想拿自己作替死鬼獨吞功勞，惹火了老子，老子就用磁鐵吸出刺入瘟神足底湧泉穴的銀針，讓他恢復功力，與秦嘉來個同歸於盡，大家都無法發達算了！

劉邦正如此發愣的怪怪想著時，廳外突地傳來了丁公的哈哈大笑聲道：「恭喜恭喜，盧兄弟擒下瘟神立了奇功，秦將軍將會重重有賞啊！盧兄弟這下可是飛黃騰達了！」

話音甫落，丁公一臉奸笑的已是走到了劉邦身前，見著地上的任橫行時卻仍不禁是面有懼色的倒退了一步。

劉邦見了心下冷笑一聲，言態卻也是傲慢的道：「丁大人不知何時放了我爹娘啊？還有不知告示上的賞金美人，官方何時可以兌現呢？」

丁公嘿嘿笑道：「這個不忙！本城守有個問題想問問盧兄弟，就是不知盧兄弟是怎麼認識那助你擒下瘟神的四人的？」

劉邦心下早就擬定好了答案，不慌不忙的答道：「他們乃是在下前不久剛結識的一個叫做劉邦兄弟的朋友，據劉邦兄弟介紹，他們四人乃是江湖上鼎鼎大名的江南四俠，這次在下智擒瘟神，就相約了劉邦兄弟幫忙，不想他一口應充下來，派了江南四俠協助在下。丁公問起他們四人，不知是為何事呢？」

丁公乾笑了一聲道：「沒為何事！不知盧兄弟擒瘟神時，你那劉邦兄弟為何沒出現呢？盧兄弟可知道這劉邦的下落嗎？」

劉邦聽了心下嗤笑道：「老子要是不知道劉邦下落，還有誰會知道！」

心下如此想著，口中卻是答道：「這個在下就不清楚了，這劉邦兄弟神蹤神秘莫測的，他身邊還有四個冷冰冰的老者相隨，一般只有他來找我，而我卻是找他不到！」

丁公聽了大為失望的道：「不知盧兄弟是否聯絡得上此人呢？」

劉邦裝作不解的道：「大人找這劉邦幹嘛？」

丁公歎了一口氣，裝模作樣的道：「盧兄弟有所不知，劉邦這次向楚懷王立了軍令狀誓擒瘟神，秦將軍得知瘟神向東郡城方向殺來，所以決定助劉邦一臂之力擒下瘟神交給劉邦回去向楚懷王交差，現在人是擒下了，劉邦卻是沒有下落，所以……唉，盧兄弟，那劉邦既也是你的朋友，你也不會想讓他誤了交人期限，讓楚懷王責罰他吧！不知你可否幫幫忙，盡力聯絡他一下呢？」

劉邦聽了丁公這話，知道他葫蘆裡賣的是什麼藥了。找自己還不是為了讓自己作替死鬼，他在合通來人黃雀在後！要知道瘟神給人帶來的是榮華富貴，誰不為之心動呢？此番押解他去彭城見楚懷王，等於押一筆財富，可不知會有多少人來搶！

秦嘉這老狐狸可也真是奸詐，誘自己出來後他大可把岳爺他們脅為人質，使自己就範於他！

再說他兵力也比自己雄厚得多，不怕自己向他報復，反是他提了瘟神去向楚懷王邀功封王封侯後，自己更是動不了他，而只有受他欺負的份兒。

你奶奶的，現在是進退兩難，不如暫且答應下來，隨機應變吧！

心念電轉的如此想來，劉邦故作沉吟的道：「嗯……這個……待我想想辦法吧！不過有關我賞金封官的事，何時可以兌現呢？」

丁公見劉邦答應找劉邦，心下大喜道：「待盧兄弟聯絡上劉邦，讓我們見面後，秦將軍自會依諾賞盧兄弟的，你就等著發達吧！」

劉邦提起封賞也只是為了掩飾自己身分，聞言又眉頭一皺道：「可是江南四俠現在個個都受了傷，需要大量的醫藥費，這個……」

丁公見了劉邦的一副貪財樣，心下暗罵道：「窮鬼還是窮鬼，貪財人是第一！」

想歸想，口中卻也還是呵呵笑道：「這還不好辦？來人，先賞黃金一百兩給盧兄弟！」

說著頓了頓又道：「至於醫治江南四俠之事，本城守自會派人去好好打理的！盧兄弟就先拿了這一百兩黃金去享受享受吧！」

劉邦毫不客氣地收下了兵差端來的黃金，拍了拍手道：「謝了丁大人！日後我如被秦將軍賞識封了第一武士統領，自少不了你的好處的！」

丁公鼻中輕聲的冷哼一聲，心下想道：「還想發達啊！見你的鬼去吧！就這麼多了！」

當然口中還是奉承道：「那日後可全仗盧兄弟多多關照了！嗯，記著！儘快找到劉邦！」

劉邦嘿嘿應道：「知道了！噢，大人現在可否能放了我雙親大人呢？」

丁公笑道：「他們早由你兄弟沙皮狗接出去了！回家享受團圓之樂吧！恕不遠送了！」

劉邦出了郡府，邊向怡春院走去，心下邊心急火燎的為管中邪他們擔心著。唉，不知他們四人現在是否被丁公抓去了呢？這次可真是栽到家了！早就應該考慮到提防秦嘉這隻老狐狸從中搞鬼的嘛！

劉邦心情甚是不佳，不多時已是到了怡春院，鴇母笑意吟吟的迎了上來道：「盧相公，你回來了！嘿，你有六個朋友來了，他們正都吵著要見你呢！我這怡春院都快被他們給鬧翻天了，你快去見見他們吧！」

劉邦聞言心下一愣，什麼？六個朋友，這……是什麼人呢？鬼魅使者可只有四人，當不會是他們了吧？那又是什麼來路的人找自己？

心懷疑惑下，劉邦隨鴇母去見來人。

剛到得一天字號房門口，就傳來了管中邪的聲音道：「子房兄著你們來相助可真是太好了！我們現在可正陷入困境，不知怎麼把瘟神押回彭城去呢！這下可好了！嗯，方才來抓我們被你們打退的十來人，似乎是秦嘉那老狐狸的手下。東南西北四衛等人，看來他想來搶瘟神，我們可得提防著點！哎，劉……盧兄弟也不知上哪兒去了，到現在還不回來！」

劉邦聞得這話心下大喜，知道是張良派了救兵來接應自己等了，這可正是來得太及時了，自己正處於窮途末路之際，救兵一來大可放開手腳行事了！不過還是得小心為是！

心下想著，當下從懷中掏出得自丁公「打賞」的黃金十兩，遞給面色有異的鴇母，低聲道：「這裡沒你事了，下去吧！最好不要再多事！」

有錢能使鬼推磨，鴇母見了金子，哪還不心花怒放？當下連聲應道：「盧公子放心就是，奴家不會多嘴多舌的！你們慢慢聊吧！」說著樂得屁股一顫一顫的走了。

劉邦推門進去，卻見來的救兵是六大鬼魅使者，樂得大呼一聲道：「哎喲，是你們來了！真是太妙了！其他幾使呢？沒來嗎？」

六大鬼魅使者正站著與躺在床上的管中邪等說話，見了劉邦，一愣之下齊都向他躬身行禮道：「少主，你回來了！」

管中邪這時向劉邦道：「你方才哪兒去了？害得我們差一點被秦嘉的人抓了去呢？幸得六大使者來得及時，救了我們！」

劉邦面色一沉道：「情況有變，對我們大是不妙，秦嘉那老狐狸也來了東郡城插手搶瘟神，我……不知六使來了，已把瘟神交他們了！」

管中邪和樊噲等聽了臉色大變的道：「這卻到底是怎麼回事？瘟神可是我們拚了命擒下的啊！你怎把他白白送給秦嘉他們呢？難道你不想封王封侯了？擒瘟神可是你立了軍令狀搶下的事情啊！這……可真是氣死我們了！」

劉邦一臉尷尬的安慰道：「別動怒！會觸發你們傷勢的！聽我細細把情由對

你們說吧！」

當下把自己聽得鴇母之話，因擔心四人安危，無奈之下把瘟神送去郡府，如何偶然聽得丁公和秦鳳的對話，丁公出現後如何誘自己找出自己等事說了一遍，接著又道：「我也是實在沒得辦法才出此下策的嘛！要不大家不但搶不到功，連命也玩完了！現在好了，我們可是將計就計，待會我恢復身分去見丁公他們，說同意押瘟神去彭城時，大家的傷勢也快好了，你們就趕去阻止秦嘉他們提交瘟神，必要時火併也要得到瘟神，反正一到彭城，我被楚懷王封王封侯了，秦嘉只有聽我話生氣的份兒！」

管中邪和樊噲等此時氣都平靜了下來，聽得劉邦的計策，管中邪沉吟道：「此計好是雖好，但一來你太過於冒險了，二來就是秦嘉已知我們有救兵到來，他又怎會想不到這點而提防我們呢？我看此計行不通！」

劉邦眉頭一揚道：「欲成大事不冒些危險怎麼會有大收穫？我們東征西戰的不也是提著命在拚嗎？可還是撈不著什麼大官做！這次乃是個千載難逢的發達的好機會，無論付出什麼代價也要賭上一把拚它一拚了！俗話說『置之死地而後生』，只要我們計算準確，應該會成功的！」

說到這裡頓了頓接著又道：「至於取信秦嘉他們，我自有妙計，你們大可以放心就是！」

管中邪仍是擔憂的道：「你可是大家的核心力量，如果你遭遇了什麼不……那我們辛辛苦苦打下來的功績可就全都付諸東流了！這……我可是沒法向思龍交代啊！」

六大鬼魅使者這時也齊都向劉邦跪了下去道：「請二少主三思！少主可是著我們務必保護你安全的，我們絕對不能失職！俗話說『留得青山在，不怕沒柴燒』，這次發達機會錯過了，還可以等下次的嘛！有人才有世界啊！」

劉邦聽得心生感激的苦笑道：「我知道大家對我的關心！可我們即便退而就此放棄瘟神，可人家秦嘉會這麼想會放過我們嗎？這傢伙疑心最重，我們愈是說願意放棄瘟神，他就愈懷疑我們會從中搗鬼，所以我們進也是與他拚，退也還是需與他拚，還不灑脫點與他對幹好了！但可以利用他們的還是可以儘量利用的嘛！且他們不知盧綰即劉邦，劉邦即盧綰，我們還是有勝算賭贏這一把的，大家就放心吧！」

劉邦的這番話讓得眾人沉默了下來。

是啊，自己等現在秦嘉的勢力範圍內，即便委屈求全，秦嘉還是不會放過自己等的！

他們佔有地利，人多勢眾，自己幾人又傷重，就是逃命也不方便。

劉邦見自己說通了眾人，一拍手掌道：「好！就這麼定了！大家振作些吧！使者留在怡春院先保護岳父和樊噲幾人，我現就恢復身分準備去與秦嘉他們交涉！」

定計下來，眾人又密商了一下行動計畫，劉邦才大放緊張的心神出了怡春院向盧綰家中走去，把金子送給他們。

盧綰父母親也被放了回來，沙皮狗也在。

見得劉邦，沙皮狗頓迎了上來道：「你回來了！伯父伯母已準備了一桌好菜為你接風洗塵呢！怎麼樣？發達沒有？」

劉邦心生感激地撫摸了一下沙皮狗的頭道：「我這次又有要事要外出了，我爹娘日後還得全仗你照顧了！」

說著自懷中取出丁公給的黃金放在桌上，對盧父盧母道：「爹、娘，這裡是九十兩黃金！以前我一直不務正業，現在就拿這些金子孝順你們吧！以後我……

作了官，可就沒得多少時間在你們身邊盡孝道了！」

盧父這次是和顏悅色的道：「綰仔，你這次立下奇功，日後可要腳踏實地做人啊！」

盧母這時把飯菜端上桌來，待四人坐定後，夾了一個雞屁股給劉邦道：「綰仔，這是你最喜歡吃的，今天就多吃幾個吧！」

劉邦雖不喜吃雞屁股，卻還是接過一口吃下，臉色激動地道：「謝謝娘！」

盧母這時又歎了一口氣道：「哎，綰仔，你今年也已二十多了，仍未娶妻，如何接續盧家的香火呢？你也得留意一下，看看有沒有意中人了！」

劉邦聞得這話想起了秦鳳，不禁脫口道：「娘，您放心吧！我已經有了意中人了！」

盧母聽了欣喜道：「真的？是哪家姑娘啊？」

劉邦斂回神來，笑嘻嘻的道：「目前是十劃未有一撇，天機不可洩露也！」口中說著，心下卻思忖道：「秦鳳這騷妮子愈辣愈對自己口味！她雖然是秦嘉之女，但卻還未與其父親同流合污，有其可取之處，老子一定要把她泡到手，要不我劉邦也就非『泡妞高手』了！嗯，反正也不急著去見丁公、秦嘉，今晚就偷偷溜進郡府去會會佳人吧！說不定會有意想不到的收穫呢！要知道自己這『盧綰』今日不同往日了，可是擒下瘟神的大英雄呢！」

夜幕降臨，天上無月，夜色一片深沉。

劉邦來到郡府，東轉西轉了好一陣，才瞧準一處後花園，施展輕功溜進了郡府。

秦鳳那丫頭的廂房在哪兒呢？

劉邦邊輕手輕腳地四下蹓躂搜尋著，心下邊忐忑不安的嘀咕著。

突地一間澡房傳出的說話聲引起了劉邦的注意，當即閃身至窗戶邊伸指鑽穿一小孔瞇眼望去，內中的景象讓劉邦看得差點驚叫出聲。

原來是雀斑正在侍候佳人秦鳳入浴，秦鳳全身衣物已盡褪去，玲瓏凹凸有致的魔鬼身材赫然盡現在劉邦眼前，讓得他呼吸為之一緊，心兒「撲通！撲通！」的劇跳起來。

秦鳳步入浴盆內，雀斑在旁邊為她擦身邊道：「小姐，累了這麼多天，今天好好洗個熱水澡，早點休息吧！」

秦鳳「唔」了聲道：「我爹可真是陰毒！竟然利用我來引誘瘟神！幸好那登徒浪子盧綰設計擒下了他！想不到這小子看起來吊兒郎當的，卻還真有點小聰明呢！膽子也不小！」

雀斑應聲道：「豈是不小？簡直是色膽包天，連小姐他也吃了豹子膽的敢來調戲！」

秦鳳羞嗔道：「雀斑，不要提那事了嘛！嗯，不知爹爹他準備怎樣打賞那盧綰？」

劉邦這時再也忍噤不住的一把推開窗戶，笑嘻嘻的接口道：「當然是把你賞賜我啦！」說著時已是縱身閃入屋內。

秦鳳和雀斑乍見劉邦出現，齊都驚叫出聲。

秦鳳雙手抱住胸前春色的怒聲低喝道：「你……你這大膽狂徒。好過份啊！」

雀斑也朝劉邦怒目相向道：「你是不想活了？這裡可是郡府啦！快滾出去！要不我喊人了！」

秦鳳卻急忙擺手阻止道：「不要喊！」

說完俏臉一紅的雙手蓋緊胸前，低垂下頭去，羞急道：「你……你快出去！要是被人發現，我爹定會殺了你的！快……快出去啦！」

劉邦笑嘻嘻的道：「我是你未來夫婿，看看美人的無邊春色又有什麼關係呢？再說，小生明日要出遠門，今晚若不見你一面，保證睡不著覺，所以我大膽前來相見美人了！」

秦鳳聞言大訝道：「什麼？你要走了？我爹派給你什麼任務嗎？他沒有打賞你啊？」話剛出口頓覺不妥，羞得她面若熟透的紅蘋果般，嬌首垂得更低了。

劉邦見了大樂，思忖道：「秦嘉啊秦嘉，你與老子搶瘟神，老子就泡你女兒，這樣才互不吃虧嗎！哈哈，美人似對自己動心，真帥透了！」

心下如此想著時，目光直盯著秦鳳的誘人身體，吞了口口水道：「小生有一事相詢，不知美人能否相告呢？」

秦鳳鼻中哼了聲道：「有什麼事快點問吧！」

對方愈是羞急，劉邦愈覺開心，慢條斯理的道：「不知美人現今許了親沒有？」

雀斑在旁接口答道：「我家小姐待字閨中，你問這個想幹嘛？告示上不也說過……」話還沒說完，秦鳳就已怒視雀斑，嚇得她不敢接著再說下去了。

劉邦這時已哈哈笑道：「這太好了！小生有一請求，想請小姐無論如何都要答應！」

秦鳳芳心大亂，又羞又恨的道：「呸！你憑什麼要我對你許諾？門都沒有！」說完又緩和語氣道：「有什麼話說來聽聽吧！」

劉邦大喜的湊前說道：「小生想請小姐大發慈悲，給我一個追求你的機會！在我回來之前，別應承別人的提親！」

第三章　事出有變

秦鳳見著劉邦望著自己的一副色授魂迷的樣子，又羞又怒的冷喝道：「發你的春秋大夢去吧！本小姐就是嫁豬嫁狗也不會嫁給你！」

劉邦見羞佳人的羞怒之態更感刺激的嬉皮笑臉道：「好哇！我盧綰可以改名為盧豬、盧狗的！嘿，你今天如不承諾，我就不走了！」

秦鳳聞言，想起劉邦對自己的連番輕薄，驀地「嘩」的一聲從澡盆中站直了腰肢對劉邦大喝：「你看啊！看個飽吧！今天本小姐要挖了你這天下第一無賴的一雙眼珠子！」

劉邦乍然清晰可見佳人全身隱秘之處，連眼珠子都快蹦了出來，哪裡還聽得到秦鳳的恨話，咽喉裡直打著「咕嚕」聲，身體又湊前了兩步。

正當劉邦神魂顛倒，興奮異常之際，冷不防一匹長絹飛來，把他纏個結實。長絹把劉邦掀上半空，形勢不妙了！

嚇得他口上連連大叫道：「啊呀！我的美人兒，用美人計來抓你老公啊！還不快放下我？」

秦鳳氣恨得咬牙切齒，正待懲罰劉邦時，門外忽地傳來了武士的聲音道：「秦小姐，有什麼事嗎？需不需要我們幫忙啊！」

秦鳳聽了臉色大變，把手中長絹一收，一把接住劉邦，再把他輕放下澡盆，平靜情緒道：「沒有什麼事！我和雀斑在耍遊戲玩呢！你們都下去吧！我這裡不用你們守護了！」

劉邦藏在澡盆內與秦鳳是緊貼在一起，可以清楚地看到摸到佳人胴體美妙的曲線。

尤其是秦鳳赤身裸體，其香豔刺激程度差點使他忘記了眼前的凶險，心中一蕩，忍不住雙手一探，把秦鳳給摟了結實。

二人的呼吸都倏地急促起來，秦鳳嬌羞不堪的輕輕掙扎著，但不想她愈扭動身體，二人貼體磨擦的感覺就更強烈。

劉邦的男性生理反應有若彈簧般一下子給漲了起來，正好抵在秦鳳的大腿內側，秦鳳玉臉通紅的「嚶嚀」一聲，身體愈來愈是柔軟無力，纖手也不由自主的探來摟緊了劉邦的虎腰。

二人身體火般發燙。

丁公的聲音忽地在房屋起道：「小姐，你真沒有什麼事嗎？怎麼護衛說你澡房裡有打鬥聲和男人的呼叫聲呢？」

秦鳳聞言斂神平靜的道：「丁大人是不是懷疑本小姐在與什麼男人私通？那你進來搜搜好了！哼，要是搜不到什麼的話。」

丁公「嗯」了一聲道：「秦將軍吩咐過屬下，可要好好的保護小姐的安全，如果方便的話……屬下可也就大膽進房看看了！凡事還是要小心點好，你說是不是，小姐！」

說著竟然真的推門而入，在他身後赫然還跟著秦鳳父親秦嘉，嚇得秦鳳暗暗的趕忙把劉邦按入水中坐在了他的背上，裝作驚呼一聲雙手抱胸，怒聲道：

「爹，你……」

秦嘉面色陰沉的道：「鳳兒，真的沒人？」

丁公在這當時已是把房內各處都搜了一遍，望向秦嘉，無聲的搖了搖頭，目光卻也不敢望向秦鳳。

但當然他私下偷看過沒有，可就只有這傢伙自己心裡明白了。

秦嘉面色舒緩了些，衝丁公擺了擺手示意出去，又緊盯了一陣面色又驚又怒的秦鳳，才微笑道：「鳳兒，你與雀斑玩遊戲也不用玩得那麼瘋嘛！又打又鬧的！再注意點了！」

說著也不待秦鳳答話，出了澡房隨手關上門，一陣腳步聲響起，房外眾人退個盡光。

三人的心都給提到了喉嚨裡，尤其是秦鳳更是嚇得嬌氣喘喘，臉色發白。

劉邦這時再也閉不住氣了的掙扎著鑽出水面，大喘著氣，雙手卻還不忘在秦鳳身上大肆手足之淫，可是個名副其實的色中餓鬼。

秦鳳嬌軀劇顫，經過這一番緊張的刺激，被劉邦這一摸，也終於禁不住探手摟住劉邦，仰起俏臉任由這男子進行非君子的侵犯行為，心頭一陣模糊，似什麼都給忘了。

劉邦已是慾火焚身，忽感對方香唇就在眼前，暗忖道此時還不占她便宜，何時才占她便宜？

重重的吻上她濕潤嬌小的紅唇上。

秦鳳也已年近二十，對於男女的種種親熱事情她見過少卻也聽過許多，何況她對這登徒浪子劉邦已不由自主的產生了一種好感，尤其是當得知他智擒任橫行後，芳心更是對他大是敬服。

再說她自長這麼大，還從來沒有與男人實體接觸過，這刻被劉邦的這一番挑逗，心中久蓄的青春慾潮也一下子給爆發了出來，口中發出令人神醉意迷的低低呻吟聲，竟是也主動熱情地和劉邦唇舌交纏，抵死纏綿。

劉邦兩手貪婪地揉捏著秦鳳光滑白嫩的背臀，深盆中一時春意盎然。

適才的凶險，足以刺激他們的愛火。

雀斑看見這一幕，只瞪大雙目發呆的看著對自己視若無睹的秦鳳和劉邦，心下詫異小姐行為的同時，身體竟也不禁一陣燥熱。

劉邦懷擁著嬌嬌女，心中大樂得忘乎所以，色急的三下兩下扒光了衣服，在澡盆中就與秦鳳巫山雲雨起來。

秦鳳見得身材健壯的劉邦，又驚又喜又羞的緊閉上秀目。

羞的是，她還是個黃花閨女，從沒做過男女之間的事，自己與這「盧綰」相識時間又短又不瞭解他，就這麼輕率的把貞操給了他，自己會不會很吃虧的呢？要是他把自己拋棄了，自己怎麼見人呢？

劉邦在秦鳳有意或無意輕輕的掙扎中，憑他多年的泡妞經驗，知道對方心中所想。

當下俯在秦鳳耳邊，輕吻她耳垂，邊溫柔的低語道：「鳳兒你放心吧，我會很輕很慢的來的！把身心放鬆！要知道男女作愛是一種享受，是一門藝術，不必有什麼緊張和顧慮的！我盧綰發誓，今後會愛你一生一世的！來吧！讓我們身心與肉體都結合在一起吧！我會讓你成為全世界最幸福的女人的！我會讓你享受到快樂的！」

雀斑看得這活生生的春宮場面，口中也呻吟著，身上的衣物在她不知不覺中也漸漸褪去，美麗的胴體在鵝黃的燈光下清晰可見她身上已隱隱冒出的汗珠。

澡房內的春色，在時間推移中灼烈起來。

雀斑也加入了劉邦和秦鳳瘋狂作愛的行列當中，三人已由澡盆滾到了地面。

這一戰直持續了大約二個多時辰，三人才都有氣無力的相擁在一起。

二女臉上都露出了滿足的神色。

正當三人穿好衣衫時，房門突地被推了開來。

三人心下大震的轉身望去，卻見秦嘉已怒容滿面，一臉陰沉的領著一眾武士闖了進來，二女當下忙站身阻在劉邦身前。

秦嘉見了嘿嘿怪笑道：「劉邦，你的膽子可也真夠大的嘛！連我的女兒你也敢泡？」

劉邦聞言心下一緊，不知對方是真查探知了自己身分，還是在試探自己，不過自己泡了他女兒卻是事實，當下伸手推開二女笑嘻嘻的道：「噢，原來岳父大人大駕光臨了！小婿有所不知，沒有恭迎，還望岳父大人多多見諒才是！」

說著頓了頓又道：「在下乃是盧綰而並非什麼劉邦，岳父大人也就不要開玩笑了！至於我泡岳父女兒麼，這乃是告示上講明了的擒住任橫行的打賞！任橫行我已經交給丁大人了。所以來與我未來夫人交流一下感情，這也沒什麼大不了的嘛！嘿，其實小婿也正想拜見岳父大人，領取餘下的賞金，和請你封我個官當當呢！你這下既然來了，那我也正好就機請教岳父大人了！」

秦嘉聽得冷哼一聲道：「劉邦，你還是少逞口舌之利了！雖然你來了救兵，但東郡城是我的勢力範圍，你們都只有聽我的！現在你已落在我的手上，你還是乖乖的給我受伏吧！否則可別怪我翻臉不講兄弟之情！」

劉邦「哇咔」大叫一聲掩飾心下的驚駭，雙手一攤平靜的道：「岳父大人有什麼證據證明我就是劉邦呢？我已向丁大人保證過，短時間內一定找到劉邦，把他帶來見你們，想不到竟懷疑我就是劉邦了！哈哈！真是天大的笑話！」

秦嘉皮笑肉不笑的道：「要證據是吧？好！來人，把百花谷中的一老一小給帶上來！」

劉邦聽得這話已是心下大叫「糟糕」，正皺眉思想對策時，四名武士已是吆喝著押了真正的盧綰和司馬穰苴出現在劉邦眼前。

二人身上多處是傷，衣衫襤褸，顏容憔悴，顯是受過秦嘉的酷刑審訊。

秦鳳和雀斑見了兩個盧綰，怔怔不知所以，前者顫聲問劉邦道：「你……真的是劉邦？」

劉邦這時見穿梆了，再也沒有隱瞞身分的價值，當下一臉苦色的點了點頭道：「秦鳳小姐，我……一直都在瞞著你，這……也是身不由己的啊！為了防備你老狐狸般的父親，我不得不偽裝身分，同時也欺騙了你。請你原諒我吧！不過，我對你的仰慕喜歡卻是發自內心的。」

秦鳳本還存著一絲自己欺騙自己的幻想，希望劉邦強辯說自己是真正的盧綰，但不想他卻一口應了下來他是劉邦。面色發白，淚珠滾滾而下的猛地伸手拍了劉邦一記重耳光，恨聲道：「我……我好恨你！」

說著突又轉向一旁的秦嘉，一字一字的道：「爹，你早就知道了劉邦的真實身分對不對？可你為何不告訴我啊？」

秦嘉對女兒的痛苦無動於衷，冷冷道：「劉邦是立了軍令狀擒瘟神的，我如找不到藉口陷害他，因為楚懷王下令過不允許任何人插手擒瘟神這件事，更不可傷害劉邦，而只能協助他。劉邦乃區區一個市井流氓出身，如被他邀了此功，就可封王封侯，比我的權位還大，他憑什麼啊？還不是因為他手下有個能說會道的張良說動了楚懷王？

「為了搶功，我不得不出此下策犧牲你來陷害劉邦了！他強姦了你，我大可以殺了他，然後提了瘟神去向楚懷王邀功，而楚懷王也無話可為劉邦辯護！鳳兒，爹封王封侯後，你也就貴為公主了，犧牲這麼一點也值得啊！」

劉邦聞得秦嘉這話，暗罵此人卑鄙無恥，竟然不惜犧牲女兒來為自己謀取功名利祿，同時也因自己錯怪了楚懷王而自責不已。

子房可真是才高智深，一切都為自己安排得妥妥當當的，既派了六大鬼魅使者來接應自己一行，又往楚懷王面前說服了他不讓旁人插手瘟神之事。

只可惜自己不知，沒有好好利用這等優勢，要不自己大可以光明正大的命秦嘉等護送自己回彭城，現在這威風的機會可是沒了。

正當劉邦如此怪怪想著時，秦鳳已是嬌軀直顫的指著秦嘉道：「爹，你……你好狠心！」

說完竟是昏了過去，幸得雀斑及時扶住了她，才使秦鳳沒有跌倒在地。

秦嘉面色陰冷的絲毫不念父女之情，朝雀斑揮了揮手道：「扶小姐回房休息！」

雀斑低聲應「是」，扶著秦鳳出了澡房，待到得門口時，回頭目光怨恨的看了劉邦一眼。

待秦鳳和雀斑離去後，秦嘉向劉邦逼視道：「小子，這下你沒什麼話可說了吧！嘿，是不是奇怪我怎麼找得到百花谷？跟你直說也無防，司馬穰苴隱居此地百花谷收了盧綰為徒，盧綰施出司馬穰苴的成名武功雲絕掌和風絕步已是引起了我的懷疑，所以在盧綰和你去見司馬穰苴時，我手下的人也跟蹤了去，發現了百花谷。

「我即派了手下的四衛和八聖士去擒了他們回來，但不想你小子卻假扮成了盧綰，這讓得我心下納悶，於是著人暗中監視你的一舉一動，關於你調戲鳳兒、智鬥瘟神之事，我知曉得一清二楚。

「本也沒料到你小子是劉邦，可你的四個手下突然出現，這引起了我的懷疑，於是審訊盧綰和司馬穰苴，可他們卻也死說不知道你的來歷，後來你小子擒下瘟神，你的四個手下身受重傷，我本想去擒了他們回來審訊，可不想你又來了救兵，再後來你急著趕去見他們，這些已讓我敢肯定你就是劉邦了！

「你今夜偷進郡府以為我不知道嗎？那是故意放你小子進來看你想搞什麼花樣的！只想不到你小子是來泡我那被你給迷住了的傻女的！你是泡我女兒來傷害我對不對？大丈夫要成大事，犧牲一個女兒又算得了什麼？

「於是我來個將計就計，突然出現以便湊合你們成其好事，你小子的好色可是人皆曉之的，但古語云：色字頭上一把刀！這下你可明白這句話的意思了？哈哈哈，劉邦，任你詭計多端，手下猛將如雲，卻也想不到會栽在我秦嘉的手上吧？」

劉邦想不到自己的一切行蹤都在秦嘉的掌握之中，暗罵自己可真是歹勢透了，但表面上卻還是鎮定的聳了聳肩道：「好！我認命了！虎落平陽被犬欺，現在我劉邦既已落在了你這老狐狸手上，要殺要剮隨你便吧！不過，我臨死前有個不情之請，希望老狐狸看在我們曾經共事的份上和你即將發達的份上，放過我師父和師兄一馬，也算作為你女婿的一點嫁妝吧！」

秦嘉嘿嘿冷笑了兩聲道：「我可不會蠢得殺你！現在你還有利用價值，就是幫我押送瘟神去見楚懷王，因為你是楚懷王之命擒神的，沒人敢打你的主意，而若由我押送吧，張耳、韓王成他們都會前來攪合，我也不好應付。

「再說殺了你，你的一眾手下和你那拜把兄弟項思龍，聽說他武功高深莫測，手下高手如雲，又是地冥鬼府和北冥宮的少宮主，連匈奴國都被他降服了，我可不願惹上這等強敵！

「但我可以借刀殺人，你強姦了我鳳兒，我可在楚懷王面前搬弄是非，請他下令殺了你，那你的手下和你兄弟可就全部沒話可說了！」

劉邦本也是想拿出項思龍的頭銜來嚇唬秦嘉的，但不想他早就考慮好了這點，不由脫口道：「老狐狸，你好陰毒！不過，我如不跟你合作呢？你的一切美妙計畫不就全落空了嗎？」

秦嘉好整以暇的道：「你會與我合作的！因為你不會眼睜睜的看著盧綰、司馬穰苴、沙皮狗和盧綰父母以及怡院四香在你面前一個個的死去吧！還有鳳兒和雀斑，你這多情的風流公子也不會坐視不理吧！哈，我一點也不心急！從現在起，每隔一個時辰我就殺死他們其中的一個人，我看你能不能沉得住氣！」

劉邦氣得怒目圓瞪道：「秦嘉，你好卑鄙無恥！這種陰狠毒辣的手段你也使得出來？」

秦嘉揚了揚眉道：「在這亂世，要想稱雄，不心狠手辣怎麼成大事？嘿，比這更毒的事還在後頭呢！我已派重軍把守住了怡春院，你的幾個手下武功再怎麼高強，想也不會敵得過火攻吧！必要時我會下令已經埋藏在怡春院地底和四周圍的油桶都點燃，那時想來連隻蒼蠅也逃不掉了！

「還有，我把所有與你接觸過的人都已經關押起來了，如實在請不動劉將軍，那我也只好來個殺人滅口了！到明天又有什麼人知道你劉邦是被我秦嘉所殺的呢？最多也連瘟神也給毀了，不就什麼也沒了嗎？哈哈哈！」

劉邦當真是低估了秦嘉，這傢伙看來心思慎密得很，自己已是不得不屈服於他了！自己先前與管中邪等商妥的一切計畫都泡湯了！眼下之計只好犧牲自己一人來救大家了！希望老天託福，能讓自己逢凶化吉吧！

劉邦低下頭去，氣餒的想著，唉聲歎氣的道：「老狐狸，真有你的！我劉邦在道上在戰場上混了十幾年，從來沒有像今天這麼衰過！好！就依你吧！但是你若不答應我，我為你辦完事後，放了我眾位手下和盧綰等一些無關的人，我就是做厲鬼也不會放過你的！」

秦嘉見劉邦終於向自己妥協、臉上有了笑容的虛偽道：「當然當然！劉兄弟這麼委屈求全，還不是為了救大家？我又怎麼會失言呢？我求的是功名利祿，並不是個殺人魔王，劉兄弟就放心好了！最多待我被楚懷王封侯後，無論怎麼說你與我鳳兒已發生了曖昧關係，也算是我的女婿了，只要我們兩人合作，齊心協力，這天下還不有一半是我們的？我秦嘉這只這麼一個女兒沒有兒子，待我日後老了時，我的事業還不是你的？劉兄弟就振作起來，與我攜手再次並肩作戰吧！我不會虧待你的！」

劉邦暗罵一聲：「合作你媽個熊！跟你這老狐狸共事，老子打下的一切功勞可就全是你的，可不會這麼傻得你吃肉我喝湯！現在是身不由己，只有與你虛與委蛇了！」

心下想來，當下也乾笑道：「那可全仗秦將軍多多成全了！唉，我現在不多想了，只要是能有一條活路，便是讓我吃大便都行啊！」

秦嘉嘿嘿開懷大笑道：「好！劉兄弟，那我們就閒話廢話少說，直接提入正題了！劉兄弟這次帶任橫行去見楚懷王，我會派四衛和四大聖士及兩百精兵協助你隨行，且會暗中派人接送，不過到了彭城見楚懷王時，卻是一切都得待我到了之後再說，劉兄弟一切都得唯我是從，否則你也知道後果！

「哪，這裡是一顆『九九斷腸丸』，你服下去以示對我的信諾，這斷腸丸在九九八十一天之內如沒有我的獨門解藥，時間一到，你就會肝腸寸斷而死！當然事成之後，我會給劉兄弟解藥的！希望我們合作愉快！」說罷遞給一粒黑色丹藥給劉邦，劉邦接過毫不遲疑的吞服了下去。

秦嘉見了哈哈笑道：「爽快！不知劉兄弟還有沒有什麼問題？」

劉邦沉吟了一會道：「秦將軍，如中途遇到什麼劫徒搶走了瘟神，那可怎麼辦？」

秦嘉嘿嘿笑道：「沿途在劉兄弟押送瘟神去彭城時，我會布下天羅地網護送，且會派高手暗中保護，我也會隨後而行，絕對沒有什麼人能劫走瘟神的，劉兄弟不必多慮了！」

劉邦接口道：「可不怕一萬只怕萬一啊！如萬一瘟神遭劫，那我怎麼辦？」

秦嘉上前伸手拍了拍劉邦的肩頭道：「如當真萬一出了閃失，只要不關劉兄弟的事，我們就彼此來個即往不究，此事便當沒發生過，不知劉兄弟滿不滿意我的這答案呢？」

劉邦聞言攤了攤手道：「我可沒有跟秦將軍討價還價的資格，你說怎麼樣就怎麼樣吧！但希望你可要遵守諾言啊！」

說著這裡頓了頓接著又道：「我答應了你的要求，我也提個條件吧！就是你可要對待我的朋友和屬下好一點！嗯，我想去怡春院見見我的幾個屬下，行不行啊？」

秦嘉一口拒絕了道：「不行！不過你如有什麼話要對他們說，待我檢查通過後，可以寫在布帛上，我會托人帶給他們！」

劉邦點了點頭道：「好吧！就這麼定了，不知什麼時候起程呢？」

秦嘉笑道：「看來劉兄弟比我還心急呢！好吧！明天一大早，我列隊歡送劉兄弟！」

一宿無話，次日清晨，郡府門外已聚集了秦嘉為劉邦安排的兩百名武士和東南西北四衛和四個面目猙獰的聖士以及看熱鬧的百姓。

任橫行雙目失神的捆在囚車之上，由四衛守著，劉邦這刻已恢復容貌穿上了將軍服裝，模樣氣概已是大為不同凡響。

盧綰也被秦嘉安排來送行，眾圍觀百姓對著如死魚般的瘟神指頭劃腳議論紛紛的同時，也對著神情憔悴的盧綰呼道：「盧綰盧綰，英雄蓋世！智擒瘟神，東郡之光！」

劉邦看著盧綰的苦笑，上前緊握住他的雙手安慰道：「盧師兄，振作點！等我回來，一切都會好的！好好的照顧師父，孝順一些你爹娘，還有帶好沙皮狗！你會出人頭地的！」

秦嘉在旁接口笑道：「是啊，盧兄弟！異日劉邦發達了，你也會沾光！」

秦鳳這時面色發白的著雀斑喊來劉邦，秀目淚光湧現的顫抖著低聲道：「劉邦……你一定要活著回來！秦鳳會等你一生一世的！」

劉邦聽得秦鳳這等情深的話，心下也不禁是一陣感觸。他本是抱著耍弄一下秦鳳的心理和征服她的心理的，想不到這妮子當真對自己動情意，當下輕輕的拉過秦鳳柔軟的纖手動情的道：「放心吧！你相公福大命大不會有事的！更何況有岳父大人罩著，我更是高枕無憂！你靜候著我回來恩寵你吧！多多保重身體！」

秦鳳癡癡的看著劉邦，只覺今天之前自己看起來一副吊兒郎當模樣的劉邦似是成熟了很多，更是讓得自己心醉心碎不已，也強行展顏一笑道：「你也多多保重！」

沙皮狗這時也走了過來，與這位相處了幾天的大哥抱成一團，哭聲道：「劉大哥，沙皮狗今後還不知道有沒有機會再跟著你了！但與你相處的幾天，將是我一生中最快樂的難忘時光！」

劉邦心中酸楚的拍了拍沙皮狗的背脊道：「以後還是好好的跟著你大哥盧綰，他會領著你出人頭地的！人只要爭氣，什麼事也可做到！」

秦嘉怕劉邦與眾人的親熱會引起有心人的懷疑，當下過來催促道：「劉兄弟，時候不早了，你也準備押了瘟神上路吧！路途可遙遠呢！」

劉邦嘿嘿乾笑兩聲，當下在眾人的歡呼與悲痛的相送下，懷著一份沉重的心情，領了眾人，押著瘟神任橫行，踏上了去彭城見楚懷王的征程！

劉邦領著秦嘉派給的一眾手下將兵，押解任橫行一路向彭城進發，數日後離開東郡城已有幾百里，也還沒有遇著什麼麻煩。

這天傍晚，眾人行至了一河邊，因為沒有船隻過渡，劉邦只能下令安營紮寨休息。

篝火升起，劉邦手烤著一隻狗腿，口中還哼著歌，似乎把一切煩惱都給拋棄了。

不是嗎?乾著急也是沒得辦法脫困，何不輕鬆愉快一點呢?

反正自己也只是個名不副實的頭頭，守衛工作自有人去安排，劉邦當然落得個悠然自在了。

這時四衛中的南衛走到劉邦身邊稟報道：「瘟神已有四天滴水不飲，粒米未進了，我們到彭城怕還需要十天半日，如這樣下去，他不餓死才怪，這如何是好呢？」

劉邦邊伸出了一根手指在已烤了半天的狗腿下撕下一塊肉來嘗了嘗，邊漫不經心地道：「你們自己不會想辦法嗎？這等小事也來煩我？」

南衛臉上怒意一閃而過苦笑道：「我們在這四天裡可是什麼辦法都想遍了，可就是沒有一個辦法行得通，所以才來請教劉將軍的！我們知道劉將軍聰明絕頂，定有辦法讓瘟神吃東西的！要不怎麼會連瘟神也被你給擒住了呢？」

劉邦「嗯」了聲道：「你這傢伙挺會拍馬屁的嘛！有前途！」

說罷拿著手中的狗腿，深深的吹了一口道：「啦啦啦，這狗肉飄香十里，神仙聞到也會想吃的啦！哼，我就不信你瘟神能贏得過這狗肉香！」

說著站了起來，向關押任橫行的帳營走去，口中大叫道：「哇咔，這天下第一好吃的東西竟是沒人吃！可惜啊可惜！」

接著把狗肉湊到正「閉目養神」的瘟神任橫行面前轉了轉，又道：「任老兄，你聞聞香不香？唉，我劉邦剛才已吃了一隻狗腿，現在這隻剩下沒人吃了，丟掉了可真是可惜，不如就讓小弟孝順孝順任老兄你吧！來，吃一口！」

任橫行理也不理劉邦，任他說得天花亂墜，連眼睛也沒有睜開一下，氣得劉邦破口大罵道：「俗話說得好——好死不如賴活著！螞蟻尚且偷生，何況人乎？

老哥你就吃一口吧！所謂今晚有肉今晚吃，哪管明天是與非！老哥你有沒有自虐症，何必這麼固執呢？否則你如餓死了，任務還沒完成，又如何向你主子胡亥交代呢？」

任橫行這下終於睜開了雙目，雖是利芒大減，但卻還是殺氣森森，嚇得劉邦禁不住退後了幾步，心下思忖道：「哇咔！餓了四天四夜，還這麼有精神，真不愧是瘟神吧！」

正當劉邦心下如此想著，任橫行突的大喝道：「兩條狗腿子給老子滾開！既然老子栽在你手上，要殺要剮悉聽尊便！不要在這裡囉囉嗦嗦的！我任橫行的生生死死不用你來操心！」

劉邦聞言陪笑道：「任老哥，擒你的人叫盧綰，我叫劉邦，你可不要衝我發火嘛！」

任橫行冷哼一聲道：「你這小賊的兩手易容術瞞得過別人可瞞不過我任橫行！想不到我縱橫一世，卻不是戰死沙場，而是落敗在了一個市井之徒的手中，可真是讓我死不瞑目也！小鬼，如我任橫行得以一天不死，定要將你撕死萬段才可洩我心頭之恨！」

劉邦聽得任橫行的這狠話禁不住顫了顫，但想起他現今功力被封再也凶不起來了，又不由壯膽笑嘻嘻的道：「任老哥夠豪氣！死到臨頭口還這麼硬，小弟佩服你這種視死如歸的精神啊！不過你如不吃東西，又哪來力氣殺我洩恨了呢？還是吃兩口吧！唉，生不逢時，咱兩人沒有能站在同一陣線上，要不像任老哥這等頂天立地的大英雄，小弟可真會與你結拜為兄弟！嘿，乖乖吃兩口吧！小弟服侍你喝酒啊！」

任橫行這次果真依言大咬了一口。

正當劉邦見了大是得意的想著終於禁不住老子這三寸不爛之舌的勸說吧！任橫行突地「呸」的一聲把吃進口中的狗肉吐射到了他臉上。

劉邦閃避不及，痛得大叫一聲，因那狗肉正好帶有一塊骨頭，刺進了劉邦的俊臉。

劉邦心下大是火光的站了起來，自懷中掏出魚腸匕，「鏘」的一聲撥了出來，作勢欲殺任橫行。

但卻想到如殺了他自己可也糟了，當下又氣憤憤的收了短劍，笑道：「夠豪氣！這等情況下還念念不忘著想法整我！」

任橫行本是想激怒劉邦讓他殺了自己，因為他此刻功力被封，已如同一個廢人，只能任由他人侮辱擺佈，還不如死了算了。見劉邦拔劍時心下正為大喜，卻見劉邦又突地收了劍，不由又是失望又是訝異。

第四章　途中遭劫

任橫行目中凶光收斂了些的望著劉邦道：「你既然被我侮辱，為何不殺我洩憤呢？」

劉邦眼睛一轉，拍了拍胸脯道：「我劉邦乃項天立地的大英雄，你現在全無還手之力，我又怎會做這等勝之不武的事情呢？」

任橫行冷哼了聲道：「貓哭耗子假慈悲！我看你是怕秦嘉那狗賊責難你吧！對了，秦嘉本命你可割斷手筋腳筋，為何你不依命行事？只割傷我的外皮用銀針封了我功力？」

劉邦笑嘻嘻道：「我和老哥你本是無怨無仇，要不是為了升官發財，我才懶得來抓你呢！其實我是很敬重老哥你的！來，吃兩口吧！」

任橫行把頭一擺，避過劉邦塞來的狗腿，沉聲道：「說過了不吃，你還是不要白費力氣了吧！哼，你不用跟我套交情了，我是官你是賊，我永遠都不會放過殺你的決心的！」

劉邦倏地站了起來大喝道：「不吃就不吃！看你能挨多久？嘿，想殺我！餓得手無縛雞之力的人還口出狂言，簡直是做白日夢！」

說著自己大口咬了塊狗肉，邊嚼邊道：「你不吃我吃！哇咔，這狗肉可真香啊！想來是神仙也沒這個口福吧！好吃！味道不錯！」

正說著時，帳營外突地傳來吆喝聲和打鬥聲，劉邦和任橫行同時臉色一變又驚又疑。

劉邦心念電轉的思忖道：「是什麼人來劫瘟神呢？難道是自己的人馬？這可不妙！還是出去看看再說！要是其他的人馬來劫瘟神那就最好了，反正自己與秦嘉已經約定了，途中如果瘟神出了什麼事，不關自己什麼事！」

劉邦正如此想著時，帳營外突的傳來一聲若洪鐘的大叫聲道：「任老兄，你在這裡嗎？皇上派我田霸來接應你了！」

劉邦聽得一驚時，任橫行已是面色狂喜的大聲回音道：「我在這裡！！田兄，給我殺光這裡所有的狗賊，要雞犬不留！」

說完又望向劉邦大笑道：「小鬼，這下你可有難了！田霸與我乃同是始皇帝培訓出的超級戰士，有他出馬，你們這裡所有的人全都死定了！他的一身冥王神功比之我的橫練金剛身毫不遜色，且殺傷力更為威猛，再加上他有一柄上古神兵利器——太阿神劍，更是無堅不摧。你們這麼區區二百多人又豈是他的敵手！」

劉邦聽又來了一個瘟神似的殺星，臉上神色大變，忐忑的走到任橫行身邊低聲道：「任老哥，我一路待你還不錯吧？這個……我如用磁鐵吸出你腳底湧泉穴封住你功力的銀針，你可不可以網開一面放了我呢？」

任橫行嘿嘿怪笑道：「小鬼，想活命了？發你的春秋大夢去吧！我任橫行已經發過毒誓，不把你碎屍萬段我就不叫瘟神了！我現在還落在你的手上，有種的就一劍殺了我，還可以讓你賺回一點本錢！不過，田霸會為我報仇的！」

劉邦見軟的不行，當下也真來了硬的，冷哼道：「任橫行，你不要這麼囂張！我只動用了四名手下就擒下了你，現在有兩百多名武士相助，難道擒不下區區一個田霸嗎？看我的吧！」

說罷當下他閃身衝出了帳外，口中罵道：「你奶奶的，橫豎都是死！何不想想辦法，把這勞什子的田霸也擒下來吧！」

如此想著時，舉目望去，卻見一個上身赤裸，全身肌肉突起，狂勢狂猛的大漢，正口中大喝大吼著，手執一柄已被他揮舞成了一道銀煉般的利劍，與四衛和四聖士纏鬥著，地上的武士屍體已是遍佈了七八十具，其餘的都面無人色的在一旁裝腔作勢，手執大刀長矛包圍著打鬥眾人，但打鬥所過之處，總有武士遭殃。

四衛的武功比之四聖士可能要低一些，四人身上全部見血，有一人的手臂也被砍了下來，但仍與那粗漢田霸苦鬥著，可見秦嘉訓練的這些高手也確都是一些不畏死的猛士。

劉邦看得一陣心驚膽顫，連去想主意鬥田霸的勇氣也沒有了，心下大叫道：「哇！又是一個殺星！還是快溜吧！讓秦嘉的這些手下去送死！」

正想著時，四衛中有一人看見了劉邦衝他大叫道：「劉將軍，快去把瘟神帶出來威脅這傢伙！我們快要支撐不住了！這傢伙的武功太高，有罡氣護體，我們根本沒有能力破他的護體罡氣，再加上他手上所使的乃是一柄利劍。無堅不摧，我們只能與他纏鬥，而無法近其身！劉將軍，快想想辦法吧！瘟神也是你設計擒下的，不知現在可有辦法對付眼前這傢伙？」

粗壯大漢田霸聽這聖士的話，目光如電的向劉邦望來，怒喝道：「原來是這無名小子設計抓了我任大哥的！識相的，你現在去放了他，我或許還可放你一條生路！否則被老子抓到，老子就把你蒸熟了當下酒菜吃！」

劉邦禁不住打了個寒顫，左右為難的想道：「現在人家注意上自己了，想溜也沒法溜了！但到底是聽這田霸的話呢？還是依那聖士之言呢？你奶奶的，秦嘉那傢伙如此陷害自己，他的手下死光光才好！這聖士心腸也如此壞，故意拖自己下水！嗯，老子就放了那任橫行吧！有這麼兩大天下無敵的高手，殺光這麼些秦嘉手下應該是不成問題的！只不知這田霸能否制止得住任橫行不殺自己？

「要知道任橫行對自己可是恨之入骨！不過，自己沒割斷他手筋腳筋，已讓他對自己生出感激之心來了，如自己現下又放了他恢復了他的武功，說不定他會感恩不殺自己也說不一定呢！反正自己是死路一條的，不如就賭這一把吧！」

如此想來，劉邦當下又溜回帳營，衝著怒望著自己的任橫行陪笑道：「任老哥，我們作個商量好不好？我現在放了你，你不殺我，且為我把秦嘉的這般屬下全給殺了，我為你設計去刺殺楚懷王，助你完成任務，你看怎麼樣！」

劉邦這小子為了逃命，連這等大逆不道的話也說得出口了，可見他是如何的怕死！

任橫行聽得劉邦這極具引誘力的話，沉吟不語起來。對於劉邦詭計多端的智謀他是親自領教過的，確是讓他心底裡有些敬服，但這次不知劉邦是否又在要什麼花招，所以不敢妄下決定，但他還是有些心動的。

劉邦見了任橫行神態，知他已被自己說得動心，當下更是口若懸河道：「任老哥，你遲疑什麼呢？哪，咱們是各為其主，所以不得不為敵，但小弟我呢，對任老哥的手段和作風是很景仰的！俗話說：人不為己天誅地滅！現在我小命難保了，所以你可相信我的誠意！反正憑我這麼點微不足道的武功，任老哥要殺死我也如踩死一隻螞蟻般容易，不必怕我耍什麼花招的！」

任橫行連連望了劉邦幾眼，見他果也說得一本正經的，當下冷哼一聲道：「好！這次我們就暫且合作！事成之後，我就放了你，但以一個月為限，如果在一個月內之內，你還沒想出辦法來讓我殺楚懷王，我就把你撕屍！」

劉邦見自己終於說動了任橫行，心下大喜，但表面卻還是裝作咋舌道：「你說了算吧！但事成之後你卻也要依約放了我啊！」

任橫行哂道：「老子說話從來是說一是一、說二是二，決對不會失約的，你放心是了！不過我也把話說在前頭，我只放你這一次，日後被我遇上，我可還是會殺了你！因為我發過誓要殺你的，我可決不會失言的！」

劉邦聽了連連苦笑應「是」，心下卻是冷哼道：「只要你答應這次不殺我，本少爺就定有辦法收拾你，讓你永無翻身的機會的！只不過現在還沒想出怎樣對付你的辦法罷了！但憑我的智慧，一定可以想出辦法來的！」

劉邦如此想著，自革囊中取出磁鐵，正待去吸出瘟神足底湧泉穴銀針時，突地只聽得一名聖士的脆弱聲音在耳旁低喝道：「劉邦，你幹什麼？想背叛秦將軍啊？哼，我現下就殺了瘟神，讓你的手下和朋友也活不成！」話音甫落，卻見一名渾身是血的聖士步履踉蹌的提劍向瘟神刺去。

劉邦見了心下大驚，想也沒想的自懷中取出魚腸匕，「鏘」的一聲撥出，向這名聖士手中長劍砍去，只聽「噹」的一聲，聖士長劍已被當中削斷，正當他一臉驚怒的望著劉邦時，劉邦手中短劍招式一轉，一式「雲龍八式」中的「旋風式」應手而出，只聽得「嗤！嗤！嗤！」幾聲，這名聖士連驚叫也來不及便被劉邦給切成了幾大塊。

劉邦目睹自己如此凶殘的殺人之法，呆了呆，這時任橫行哈哈大笑道：「你小子真有誠意與我合作！殺人的手法也並不比我瘟神差嘛！好，快點吸取我湧穴被封銀針，讓我去大開殺戒，殺光這幫礙手礙腳的傢伙吧！」

劉邦聞言斂回心神，當下用磁鐵吸出瘟神足底湧泉穴的銀針，任橫行驀地一陣哈哈狂笑，衝劉邦喝了聲道：「快走開！不用你解我身上的鐵鍊了！這麼一點小事還難不倒我瘟神！」

劉邦依言忙鑽出帳外，剛剛站定，卻突聽得任橫行「啊」的大吼一聲，接著又是一聲驚天動地的爆炸聲，卻見整座帳營都被炸得粉碎，任橫行神威凜凜，金剛勁四射，赫然站起在眼前。

打鬥中的田霸已是殺死了三衛士兩聖士，自身也受了些不重不輕的傷勢，見得任橫行出困，精神一振，大喜的道：「任兄，你沒事了！」

任橫行大笑道：「沒事！你們這幫狗崽子，是要老子動手，還是你們全體自盡？」

眾武士和一衛兩聖士見得任橫行這煞星恢復功力了，心下齊都驚駭無比。要知道一個田霸已是讓得他們全軍傷亡過半了，現在再加上一個凶名卓顯的瘟神，哪還能不嚇破膽。

不少武士已是棄械亡命跑起來，但任橫行已有劉邦約定好，哪會讓得他們逃走？更何況他又乃是一個好殺成性的凶人？

卻見這些武士逃出還不到百十步，任橫行驀地大吼一聲道：「橫練金剛身七重天功力！」

只聽得他話音甫落，就是一陣「轟！轟！」的勁氣爆炸聲和慘叫聲響起，逃亡者在任橫行強猛罡氣的攻擊下無一生還，全然擊斃。

餘下的武士嚇得亡魂大冒不敢再跑了，這時嚇得也是魂飛魄散正作強弩之末與田霸打鬥著的一名聖士強作鎮定道：「大家不要慌亂！秦將軍暗派的援兵馬上就會到來的！你們振作點與敵人拚了！反正橫豎都是死，拚一拚或許還有條活路！劉邦那傢伙膽敢背叛秦將軍與叛賊同流合污，你們去殺了他！也算可出出胸中的怒氣了！大家動手拚吧！」

這聖士的這番話倒也正有鼓舞人心的作用，嚇得屁滾尿流的眾武士聞言也都顫顫的重整陣行向劉邦圍來，不少人怒喝道：「殺了劉邦！」

劉邦見狀，嚇得連連後退，向正趕去救田霸的任橫行大叫道：「喂！任老哥，你快來幫幫我啊！那田霸對付那餘下的三人可是能力綽綽有餘呢！倒是我現在才危險啊！」

任橫行對驚慌中的劉邦笑笑道：「你小子連我也有辦法擒住，那麼幾十個小毛賊也對付不了嗎？動動你的腦子吧！待我助田兄幹掉了這幾個扎手的傢伙再說，對付那麼幾個小毛賊費不了多少功夫的！我們可也得抓緊時間，要不秦嘉那老傢伙的援兵來了可也真不好應付！」

說著已是投入了與田霸並肩作戰的行列當中，全然不想劉邦面臨的困境。

危急之下劉邦倒是鎮定了下來。

古語說得好！求人不知求己，還是靠自己來保護自己吧！

邊想著慢慢撥出魚腸匕，展開「百禽身法」和「雲龍八式」劍法，向自己撲來的武士攻去。

眾武士雖是精兵，但都已被瘟神和田霸二人的驚世武功嚇破了膽，這兩點只不過是如人迴光返照的最後一點勇氣罷了，武功都已是大打折扣，而劉邦所使的是些上乘武學，雖是招式半生半熟，可輔以他手中無堅不催的魚腸匕，威力也還是不同凡響，幾個剛近他身的武士，在劉邦所揮出的劍勢之下中招倒斃。

餘下武士想不到劉邦也如此厲害，都嚇得不敢再冒然進擊，而是取出弓弩上箭向他遠射。

劉邦見了心下大駭，而對密如雨注的箭也嚇得有些手足無措，但臨危之下他驀地想到了「雲龍八式」中有一招「破箭式」，當即心懷忐忑之下使了出來。

「噹噹噹當」一陣硬器碰擊之聲響起，射來的箭竟也全被劉邦擊落。

遠處的任橫行和田霸見了大聲喝采道：「好劍法！」

圍攻劉邦的眾武士見了則是面面相覷，再也不敢圍攻劉邦了，又有人逃亡起來。

任橫行和田霸此時已聯手擊斃了餘下的一衛和二聖士，見了眾武士逃亡狀，齊都嘿嘿冷笑一聲，身形飛起，一掌一劍齊齊勁氣爆發。只一陣「啊！啊」的慘叫聲，眾武士消滅殆盡。

劉邦仍不放心的舉劍把每人都刺了一劍，任橫行和田霸在一旁冷眼看著。

刺完所有的人，劉邦已是累得粗氣喘喘滿頭大汗，剛坐地想休息一會兒時，卻聽得田霸對任橫行道：「就是這小滑頭設計陷害了你？嗯，小弟去為你殺了洩恨吧！」

劉邦聽得神經質般跳了起來，不待任橫行發話就已大叫道：「嗯！老兄，你說過只要我放了任哥就放我一馬的嘛！何況我與任老哥已經有了君子約定了，他暫不殺我洩恨的！」

田霸聽得大奇的把目光移向任橫行，問道：「任兄，你與這小鬼有了什麼君子約定？」

任橫行淡淡道：「他說助我們刺殺楚懷王，我答應了他事成之後放他一馬！」

田霸皺眉道：「皇上已是有新的任務派給我們了！聽說趙高這奸相之子達多被一叫項思龍的年輕人打敗了，達多本是由解靈押解回京的，誰知卻被趙高中途碰上，擒下了解靈，他自己與他兒子達多則向章邯將軍借了上千人馬去西域了，皇上命我接應你趕去西域監視趙高，救下解靈，至於刺殺楚懷王失敗一事，皇上也已知道，著我通知任兄暫且不去管此事！」

劉邦聽得又驚又喜，要是他們真轉移目標去西域就好了，但只不知如此一來，任橫行會不會殺了自己？那可真不是好事了！

心下正如此想著，卻見任橫行沉吟了一聲道：「如此也好，我們就北上西域！據聞這劉小子與聞名西域的項思龍是結義兄弟，有他在手，我對付趙高救解靈，或許也會有意想不到的好處呢！嗯，我們先找個地方避一避休息一下！若被秦嘉的人再次追來，可真不好對付呢！我可是有幾天沒吃東西沒喝水了！」

劉邦見自己可以不死，大喜的頓忙奉承道：「任老哥，我去取食物來！」

三人一路北上西域，為避免秦嘉的人發現，專走的是羊腸僻徑，任橫行和田霸二人自是吃得消，可劉邦就不行了，開始幾天劉邦怕觸怒他們不敢多說什麼，只得苦忍著，可在這幾天之內三人也混熟了，劉邦的膽子也大了起來。

這天正又要翻一座大山時，劉邦終於忍不住苦叫起來道：「兩位老哥，我們去雇輛馬車來行不行啊？我實在是累得走不動了！哎，你們的傷勢體力都已恢復了還怕什麼呢？再說秦嘉這老狐狸任他機關算盡也不會想到我們會北上西域的！這不？幾天來風平浪靜的，什麼也沒發生！」

任、田二人看了劉邦一眼，又對視一陣，有了默契配合，點了點頭道：「好吧！我們就去找個鎮集買輛馬車！不過你小子可別耍什麼花招！對秦嘉我們不怕，可你這詭計多端的小子我們可不能掉以輕心！這兩天你小子還很乖，對我們也挺孝順的，就可憐可憐你吧！」

劉邦聞言大喜道：「小弟哪敢耍什麼花招的呢？兩位老哥神功蓋世天下無敵，我這無名小子能作你們的馬前卒，已是大感榮幸了！」

任橫行嘿嘿笑道：「小鬼，少拍馬屁了！我說過饒你一命就決不會食言的！嘿，可也真想不到我們這本是處於敵對位置的三人也相處在一起，這也是一種緣份呢！嗯，你既然也叫了我們二人老哥了，不如我們三人真結拜為兄弟吧！這也可紀念一下我們相處的這段時間嘛！」

劉邦聽了受寵若驚，想不到自己竟然會有這份榮幸，同時也想不到任橫行乃是個外冷內熱的性情中人，雖是秦始皇訓練出的超級殺手，卻也有著人性情感的一面，看來這或許是由於自己感動了他，亦或他的父母本是善良的人，再或他對秦王朝的暴行也感末日降臨了吧！

不過管他那麼多呢！能與這兩個大煞星套上交情，一是自己的生命有了更大的保障，二呢是他們自己進攻秦王朝時或許會對自己有意想不到的幫助呢！

如此想來，當下頓忙衝任、田二人下拜，恭敬道：「二位兄長在上，請受小弟劉邦一拜！」

「咚咚咚」的衝二人各叩三個響頭後，劉邦被任横行哈哈大笑的扶了起來。

田横這時嘴角也露出一絲笑意道：「小……三弟，我和任横行乃是秦王朝的殺手，楚懷王和眾路義軍的敵人，在世上臭名遠遙，你不怕與我們結拜，會給自己帶來殺身之禍嗎？」

劉邦自也想到過這點，且也正為之忐忑不安，聞言口中卻是哈哈大笑道：「自古貧賤、富貴、魔神、正邪之行也不外乎情義的嘛！何況公道自在人心，只要行得正坐得穩，我又何必在乎他人怎樣看我呢？一個人若是做什麼事都思前想後舉棋不定，那活著還有什麼意義？

「只要得意歡樂時儘量的放縱自己去享受，內憂外患時努力的去排除就夠了！我項大哥曾對我說過：『人生得意須盡歡，莫使金樽空對月！』現在高興與兩位大哥有情有義，哪管得了那麼多呢！不過醜話說在前頭，日後我們如兵戈相見，自是還是不能講那麼多情義的了！大丈夫做成大事自是需大義滅親！二位大哥可別生我這話的氣！」

任横行拍掌叫好道：「好！說得好！人生得意須盡歡，莫使金樽空對月！好句！大丈夫欲成大事需大義滅親！好句！三弟夠豪爽！走，我們去找個鎮集來痛飲三百杯！」

田霸這時也朗聲大笑道：「大哥果然沒有看錯三弟！我田霸就喜歡直性子的人！」

劉邦早就摸熟了二人性格，這番話乃是他特意說出來取信二人的，見果也見效，心下暗喜，口中也大笑道：「小弟為二位大哥在前開路！」

三人終於找到了一個叫作常樂鎮的集鎮。

常樂鎮乃是原趙國的地界，此時已由秦軍從義軍手中搶奪了回去，此鎮因是個軍事要地，所以鎮中竟也有幾千人馬鎮守，顯得戒備森嚴。鎮中許多的店鋪都已關門，開張的店鋪也是門庭冷落，街上過往的行人也不多見，倒是有大批大批的秦兵時常出落。

三人逛了老半天，也沒找著一家酒樓，任橫行火氣大冒的破門大罵道：「奶奶個熊，這破鎮怎麼連家酒樓也沒有？再找一會，如還是沒找著，老子就一把火燒了這鎮集！」

任橫行這大喝聲驚動了不遠處巡邏的大隊約四五十人的秦兵，其中一個兵官模樣的大漢領頭朝三人衝來，大喝道：「你們是什麼東西？竟然膽敢說燒了鎮集？是不是什麼反賊？」

任橫行滿肚子的火氣正愁沒處發洩，聞言氣得臉色脹紅，目中凶光暴長的哈哈怪笑道：「大膽奴才，竟然膽敢辱罵老子？我看你是活得不耐煩了！」

說著正待上前大開殺戒時，劉邦一把拉住了他低聲道：「大哥，我們此次是去西域辦要事的，不魯莽行事暴露了身分，如讓趙高知道，那可就不妙了！」

田霸這時也壓著滿腔殺機勸解道：「是啊大哥，三弟說得沒錯，我們不可因小失大！」

聽得二人之勸，任橫行悶哼了一聲，收回了作勢欲衝的身形，這時那軍官領著眾秦兵到了三人眼前，衝著任橫行指指點點的道：「喲哈，你這醜老鬼火氣還不小的嘛，罵老子是奴才，說我活得不耐煩了，我看你們這幾個刁民才是活得不耐煩了！兄弟們，拿下這三個傢伙！帶去拷問一下看看他們是不是什麼反賊？」

眾秦兵張牙舞爪的正欲湧上，劉邦向那軍官點頭哈腰的道：「官爺，何必動那麼大火呢？我大哥是有點喝醉了所以火氣大了點！哪，這點小禮不成敬意，官爺拿去喝酒吧！」

說著自懷裡掏出得自任橫行剩下的五兩金子遞給那怒氣沖沖的軍官。

軍官接過金子，放在手上掂了掂，臉上神色一緩道：「嗯，原來是在說醉話！那好，這次就饒了你們了！下次可得給老子注意點！」

言罷領了秦兵揚長而去。

任橫行氣恨得拳頭緊握，低罵了聲：「她奶奶的竟然耀武揚威到老子頭上來了？這次算你們這幾個傢伙走運，有我三弟阻住了！待老子事情一辦完，不轉回殺光你們這幫傢伙才怪！」

劉邦其實巴不得任橫行大開殺戒，但為了裝裝樣子，一是討好二人裝作關心他們，二是也讓二人嘗嘗秦兵的腐敗粗野欺壓農民百姓的滋味，使他們自感到秦王朝的沒落。

聞得任橫行的話，劉邦擺了擺手道：「大哥何必生這麼大的火呢？無論怎麼說他們與二位大哥乃是自家人，可不能互相殘殺，要是殺了他們，被秦二世知道了的話，他心裡定然不悅，更何況二位大哥還有事在身呢？」

任橫行聽了感激的拍了拍劉邦的肩頭道：「三弟的頭腦還是靈活得多！好，大哥聽你的，不跟這幫奴才計較了！」

田霸也道：「三弟能處處為我們著想，這兄弟可真沒有結識錯啊！對了大哥，我們現在到哪兒去喝酒慶賀我們三兄弟結義呢？」

任橫行眉頭一揚的哂道：「咱們也不用找什麼的了，直接去找這常樂鎮的頭頭，叫他為我們準備酒菜慶祝！哼，憑我們二人在朝中的威名，想來沒人敢洩露我們的身分吧？」

田霸點了點頭道：「大哥說得沒錯！現在中原人誰不知大哥連闖十三郡的事情？除非是這裡的頭頭活得不耐煩了！」

劉邦這時皺眉道：「可是我呢？秦軍中也有不少人識得我，若被人知曉我與二位稱兄道弟，這豈不對二位大哥……」

劉邦的話還未說完，任橫行就已截口道：「三弟不是說過，一個人做事若是婆婆媽媽的，那活著還有什麼意思麼？不要管那麼多了！就是被人知道你的身分，我們也不怕！哼，在朝中除了皇上，我們無敵雙英又怕得誰來？就是趙高雖權傾朝野，拿我們也沒辦法！」

田霸附和道：「人哥說得不錯！三弟就不要有那麼多的顧慮了吧？這可不像你一貫自私自利的作風啊？走吧！」

任橫行這時接著道：「嘿，二弟，你不知道？三弟這人雖自私自利詭計多端，可對朋友卻是沒話說的！他這次對秦嘉那老傢伙委屈求全，也就是為了拯救他的朋友，因為他的朋友們全都被秦嘉這老狐狸給要脅！哼，有機會老子一定要殺他秦嘉軍個片甲不留，為三弟出了這口恨氣！」說著舉手握拳揮擊了一下。

劉邦聽得心下大喜，有這兩個煞星去攪亂秦嘉這老狐狸可實在是妙透了！嗯，自己這次隨他們去見常樂鎮的將領，如每人識得自己，自己可也要有意無意的說出自己身分，這對自己將來攻打秦軍可也有莫大好處，因為秦將得知自己乃是這兩大煞星的結拜兄弟，一定都對自己心懷顧忌，如為難了自己，可怕得他們二人責怪。

劉邦心下思忖著，口上卻是訕訕道：「那小弟可就恭敬不如從命了！」

劉邦拉著任横行和田霸大搖大擺的向常樂鎮駐軍總部走去，剛到得門口，就有秦兵攔住了三人喝道：「這裡是什麼地方？你們沒長眼睛啊？快滾！否則抓你們坐牢！」

劉邦跨步上前，「啪」的猛揙了這名吆喝的秦兵一記耳朵，口上也吆喝道：「你他媽的才沒長眼睛呢！知道我們是誰嗎？乃是朝中派下來的欽差大臣！我這兩位大哥更是權傾朝野的皇上身邊大紅人！快去叫你們統領出來迎接我們！否則惹怒了我們大哥，你們項上人頭可不保了！」

這名官兵正被劉邦打得怒火直冒時，聞得劉邦這話倒一時之間真被他給震住了，愣愣問道：「你……你這兩位大哥是皇上身邊的大紅人？那你說出來聽聽，他們到底是誰？」

劉邦挺直腰身朗聲道：「你們給我聽好了！不要嚇破了膽子，我這兩位大哥就是皇上身邊的無敵雙英，任横行和田霸是也！」

聽得劉邦這話，幾名秦兵嚇得脫口驚呼道：「什麼？任橫行？」

話音剛落，後面傳來了一陣哈哈大笑道：「什麼無敵雙英，什麼任橫行啊？你們這三個傢伙方才還沒鬧夠啊？是不是想抓去坐牢才舒服啊？冒充任大人？以為長得粗壯猙獰就可以冒充唬人了？任大人老子見識過，哪裡是你們這幫模樣，他身穿戰甲，前後左右數百刀士護擁著，可威風呢！你們幾人也不知是哪裡冒出來的無知狂徒？快滾！否則，老子抓你們去修長城！讓你們一輩子賣苦力！」

說著時，三人方才遇上的那名軍官已走前來到三人身前，繼續想喝罵道：「你們……」

這次剛剛說了兩個字，劉邦已是上前，「啪！啪！」的連搧了這傢伙幾記耳光，冷喝道：「上次沒教訓你這傢伙，這次又來耀武揚威，是不是找死啊？上次念你不知我們身分，這次知曉了還如此狂妄，簡直是不知死活！」

任橫行本又已是殺機大起，見劉邦為自己出了口氣，哈哈大笑道：「打得好！再給我多打兩下！老子早就看這傢伙不順眼了！」

被打軍官氣得面色青紫，「鏘」的一聲撥出腰間大刀，作勢欲砍劉邦，田霸見了冷喝一聲「找死」，說著手背發動連彈，「噹」的一聲，軍官大刀竟被田霸指勁隔空擊斷。人也「咚咚咚」的連退二步，面色蒼白，嘴角溢出血來。

田霸露了這一手，所有的秦兵都驚駭住了，沒有一個再敢吭聲了！

劉邦雄赳赳的走到那驚魂未定的軍官身前，冷傲的問道：「你是多少品的官兒？」

軍官聞言定了定神，顫聲道：「我……我是都統曹無傷手下的先鋒官魏豹，尚未有品！」

劉邦口中連道：「難怪！難怪！原來是個比綠豆還小的官！難怪不識得始皇大帝御賜給我兩位大哥的令牌！」

說著手裡拿出一面向任橫行要來的虎頭金牌拿到軍官眼前，大聲道：「可給老子看清楚了！這是始皇天帝御賜的金牌！我兩位大哥是如假包換的無敵雙英！至於我嘛，則是我兩位大哥的結拜兄弟！」

軍官這下就是不信也不敢開口多說話了，其他的秦兵都將信將疑惶恐不安。任橫行這兩個月來的威名實在是太大，可以說舉天下之間已是無人不曉他的大名的，比之章邯將軍可以說是更讓人聞之色變。

這時突地只聽得一沉渾的大喝聲傳來道：「誰人如此斗膽？敢冒充御前重將？」

話音甫落，卻見一身著一身甲冑，濃眉粗耳，一臉絡腮鬍鬚的武將走了出來，在他身後還跟著四名勁裝大漢。

第五章 萬轉銀丹

見得劉邦三人，這名秦將又冷喝道：「是你們三人冒充御前重臣嗎？是不是嫌活得不耐煩了！」

話未說完，劉邦已是沉聲喝止道：「大膽！你們這幫奴才，真是有眼不識秦山！小官兒，給老子睜眼看看清楚了，這是否是皇上御賜的令牌？」說著手握令牌往這秦將面前一舉。

「承天之德，始皇聖帝！」

八字大字赫然落入這名秦將眼中，身軀一顫，秦將果也睜大雙眼湊前細看。

真是始皇帝御賜的虎頭金令！

秦將嚇得雙腿一軟，「撲通」一聲跪倒在地，朝三人連連磕頭道：「小人該死，不知道聖駕光臨，適才多有冒犯，請三位大人恕罰！」

其他秦兵一看自己頭頭已確認對方乃是御前聖士了，全都跪下，齊聲高呼：「參見三位聖士大人！」

劉邦見得這種情況，心下大爽。

真是風水輪流轉！在秦嘉那邊時，自己差點沒命，現在卻是受眾人跪拜！真是過癮透頂了！

劉邦望了正望著自己微笑不語的任橫行和田霸一眼，見二人神色，知他們已默許自己隨意作來，心下大定，當下擺了擺手道：「起來說話吧！證實了我們乃是御前聖士就夠了！」

眾秦兵秦將依命站起，先前得罪了三人的那名軍官此時已是嚇得面無人色，顫巍巍的上前再次跪拜道：「聖士大人，小的方才……」

劉邦冷哼了一聲，不待對方說完就已喝止道：「前番的事就算了！今後行為舉止一定得給本聖上檢舉點，不要再那樣耀武揚威欺壓百姓了！若是再讓我們抓到，就把你全家抄斬！」

這名軍官聞言大喜，如金雞啄米般叩頭，恭聲道：「謝聖上大人的不殺之恩！小的今後定當改過自新重新做人！」

劉邦「嗯」了聲道：「你退下吧！」

說完了又轉向那名忐忑不安的秦將道：「我們三兄弟這次乃是秦皇上密令視察各地軍情，看到你們這裡軍容渙散的情況後，所以才現出身分來召見你，想教你振我大秦軍威，不想你……可知這次我們，我可判你什麼刑罰嗎？是全家抄斬！但念在不知者不罪的份上，本聖士就將就點不和你計較了！但你也應該知道我們三人身分不宜洩露，怎麼做你自己看著辦吧！嗯，我們三兄弟沿途勞累，快為我們準備上等酒席，找數名美女好好服侍！」

秦將被劉邦的這番話嚇得額上冷汗直冒，聞言連應「是」道：「小人明白！定當謹記聖士大人的教誨！大人還有什麼吩咐嗎？」

劉邦眨眼想了想道：「暫且沒有了！快去準備酒席美女吧！遲了可別怪本聖士惱火！」

秦將當下忙著手下去辦，自己則領了劉邦三人進了府中，神態恭敬之極。

美女在懷，酒過三巡，任橫行乘著酒興向劉邦豎起大拇指道：「三弟可真有你的！擺起官威來模樣比我們不差，嘿，若不是三弟乃是義軍中人，大哥我一定向皇上舉薦重用你！」

田霸也哈哈大笑道：「三弟劉邦本是一支義軍的將領，官架子就是會擺了！唉，我們雖是權高位重，但只是露不得面的人物！說來這是我第一次享受作為高官的威風呢！」

任橫行也道：「我也是第一次！來，為三弟給與我們這樣一個第一次享受官威的機會乾杯！」

三人哈哈暢笑中舉杯而飲。

田霸這時突地轉口問劉邦道：「三弟，聽說，你有位拜把兄弟項思龍在西域威名遠震，這次我們前往西域，可不可以為我們介紹一下呢？」

劉邦苦笑如實道：「我也有差不多將近兩年未與項大哥見面，倒不知見面了彼此還認得不。不過如見到項大哥，我一定介紹他給兩位大哥認識！項大哥乃是我劉邦所最為敬重和敬仰的人，說來我能有今天的成就，可全是拜他所賜呢！項大哥一身武功深不可測不說，其智慧依我看來更是古今第一人。」

任橫行有點不服的道：「項思龍的威名我也聽說過，據聞張耳也曾在他手上吃過大虧，西域的原地冥鬼府鬼王西門無敵也敗在他的手下，還有趙高一直憑認為仗的四大護法中最為厲害的根天法王也敗在他手下，戰績確是輝煌非常，有機會我倒是也想請他賜教一下，看看其是不是人與其名一般威振江湖。」

劉邦聽了頓忙道：「嘿，任大哥，咱們已經結拜為兄弟，那麼我項大哥自也是二位大哥的兄弟，一家人何必要動刀動槍的呢？」

任橫行哂道：「緊張什麼嘛三弟？我會依江湖規矩與他從武會友點到為止的！嘿，也不知你如此緊張是關心你項大哥還是我這任大哥？」

劉邦搔了搔頭笑道：「自是二位大哥都關心了！對了，二位大哥準備如何著手對付趙高呢？」

田霸沉吟道：「皇上說現在內憂外患，不宜出手，如要出手就需一擊成功！否則驚動趙高，那麼他就有可能提前發動政變！現在趙高在朝中得勢，皇上身邊的得力人手又被派往平定中原，如此一來，皇上可就危矣！所以皇上密令我和你任大哥只需救出解靈，暗中監視趙高來西域幹什麼就夠了！

「因為皇上懷疑趙高與江湖上的邪教組織西方魔教有關，如調查出真有此事，皇上只要在上朝時宣佈出來拿出證據，那麼趙高的勢力就會不攻而解！也正因為如此，皇上才著我接應任大哥，暫且放棄刺殺楚懷王，而去西域跟蹤趙高。」

劉邦對朝中之事也有耳聞，但想不到趙高和胡亥的關係弄得如此不可開交了。不過他們愈是狗咬狗就愈好！不過傳聞胡亥乃是趙高的一個傀儡，這話也大有出入，胡亥的精明和實力也不容小視呢！到底不愧是秦始皇的兒子！

劉邦心念電轉的如此想著時，任横行這時也道：「傳聞西方魔教乃是上千年前由我中原日月神教的前身演化而來的，教中高手如雲，行蹤詭秘莫測，始皇帝當年也曾下令嚴厲打擊過這邪教組織，在中原內地是煙消雲散沒有蹤跡了，但想不到他們卻還隱伏在中原的偏遠邊界處，仍是對我中原虎視眈眈，趙高與他們有關聯，其狼子野心已是清楚可見，所以剷除這傢伙才是我大秦王朝的當務之急，皇上也能夠想到這點，倒也確是不枉我們對他忠心耿耿了！如果大秦江山當真不保了，我們二人可是太對不起始皇帝對我們多年的培育之恩了！」

劉邦哼了一聲道：「秦始皇雖然統一六國，建立大秦帝國，也做了不少功績，但他的殘暴卻也是同樣罪不可沒的。修皇陵、築棧道、建長城，犧牲了多少農民百姓的血汗和生命？

「在他的統治之下，黎民百姓都生活在水深火熱之中，沒有人受得了他了！秦二世繼續推行暴政，這樣的大秦王朝垮台了也是應該的，只不過不能落在趙高那奸相的手中。二位大哥對大秦的忠心只是一種愚忠，對付趙高卻也還算得上是明智之舉，小弟定當全力支持你們！」

劉邦的這番話本是讓任橫行和田霸聽得不痛快之極，對他怒目相向，可又無可奈何，只得苦忍乾笑，劉邦見得二人神色，當下急忙轉口又道：「俗話說！拿人錢財為人消災！做人要飲水思源！站在二位大哥的立場上，自是不會批判自己的主子的了！我方才的那番話也只是依站在我的立場上坦誠說出來的，如有得罪二位大哥的地方，尚還請多多見諒一二了！嘿，咱們已經是自家兄弟了，所以我說話也無拘無束的！」

任橫行和田霸聽得劉邦這一解釋，就是心下再怎麼不痛快也更不能表露出來了，當下二人齊聲大笑舉杯掩飾道：「三弟的話也有道理！哎，我們不談那些不開心的話題！今天可是我們三兄弟的結義之日呢！大家乾杯！」

劉邦見二人沒有斥責自己，知二人對自己的兄弟之情確是真的，心下也不禁一陣歉然。

翌日清晨，劉邦、任橫行、田霸三人各摟著美女還沒起床，劉邦的廂房突傳來敲門聲把他驚醒了起來，氣得劉邦又惱又火，睜開睡意朦朧的雙目，邊用手撫摸著身邊如小羊羔一般熟睡著的美女，邊冷聲問道：「什麼事這麼吵啊！」

秦將曹無傷急促的聲音在門外響聲道：「驚醒聖士大人春夢，小人萬死！不過大事不好，皇上命我們緝拿的徐福方士，昨晚越獄了！」

劉邦不以為意的怒喝道：「有什麼大不了的呢！跑掉個小毛賊，也要來煩本聖士嗎？」

曹無傷惶恐的道：「一般賊跑掉了自是沒什麼大不了的，但是此人乃是為始皇帝煉製不死丹藥逃亡到了民間隱居的徐福方士，我們好不容易才尋訪到了此人隱居在這常樂鎮，所以派重兵來抓住了他。

「據聞此人當年為始皇帝煉製未完的不死之藥——萬轉銀丹，現今已經煉好了！皇上和眾丞相為查此人下落費盡了心機，我們抓住他，把他關押地牢防守嚴密！但不想這小老頭練有縮骨神功，再利用他的丹藥迷煙熏昏了守衛武士，被他逃走了！這……還望聖士大人幫小的抓回此人，小人感激不盡！」

劉邦聽得這勞什子的徐福方士已練製好了叫作萬轉銀丹的不死之藥，貪心頓起，睡意醒了一大半，邊穿衣服邊怒喝道：「你們這幫飯桶，辦事真是不力！還不快去喊醒我兩位大哥，去為我們準備坐騎？你奶奶的，如果這徐福方士真溜掉了，你可是誅連九族的大罪！」

說著時劉邦已是草草穿好衣服，推門出來，卻見曹無傷正一臉死灰哀求之色的望著自己。

劉邦心下暗罵道：「他媽的，這傢伙似已知曉了自己身分，所以不怕自己，先向自己稟報而不去向任横行和田霸稟報，腦子還是有點靈活！不過本少爺就是需要你知道我身分！」

心下想著，劉邦又衝那傻愣愣的曹無傷喝道：「還呆站著幹嘛？快去為我們準備馬匹啊！」

曹無傷聞喝斂回神來，口中連連應「是」的退下，走沒幾步時，還回頭哀求的望了劉邦一眼。

劉邦暗罵了聲：「要不是那勞什子的不死之藥——萬轉銀丹吸引了我，老子懶得理這個徐福方士呢！哼，以為老子是想幫你啊！我劉邦從來不做對自己毫無利益的事的！不過，乘機『施恩』一下你也好，日後老子進攻秦軍時，說不定還會得你感恩圖報助一臂之力呢！」

劉邦這猜想倒也被他給猜個正著，後來曹無傷和魏豹也正感恩劉邦這次的救命之恩，都背叛了秦王朝而投靠了他，成為了他手下的兩名得力戰將，這也正是所謂的「天意」吧！

劉邦如此想著時，已跑往任橫行和田霸的門前一陣「咚咚咚」的緊敲，才剛剛站定，卻見二人已全副武裝站在自己面前了！

田霸笑了笑道：「我們也聽到那曹無傷對你所說的話，所以早就準備好了！走吧！」

三人騎上曹無傷準備好的坐騎，快馬策騎按士兵指點徐福逃走的方向追去。因昨晚下過一場大雨，所以三人不消片刻，就已在一條偏僻小路上發現了蹄印！

曹無傷察視了一下地形後，恭聲向三人道：「按蹄印方向看來，徐福應是向魔魂崖方向的水路逃走了！我們又沒有準備船隻，現在怎麼辦？」

劉邦冷靜的問曹無傷道：「從這裡到魔魂崖需多少腳程？有沒有小徑可抄近些？」

曹無傷沉吟後道：「依武士發現徐福逃跑，至現在已有兩個來時辰，騎馬的話他現在距離魔魂崖最多還需半個時辰的腳程！以我所知的捷徑去魔魂崖至少也需一個時辰！」

劉邦聞言大聲道：「也只相差半個來時辰！快領路！只要有些希望，我們也要追！」

曹無傷聽了，失望中露出感激之色的看了劉邦一眼，當下也不再多說什麼，率前策騎狂馳。

捷徑小路並不好走，馳了將近一個來時辰，馬兒已是累得粗氣喘喘，速度放慢了許多。

四下心裡又急又火又無奈，就在這時，曹無傷忽地驚喜的叫了起來道：「看！前面有一匹馬！定是徐福的坐騎了！」

劉邦聽了大喜道：「快去看看！」

四人圍近正在吃草的馬匹，卻見這馬身上也已冒汗，劉邦沉聲道：「看來徐福也剛走不久！我們分散開來去找，看看江面有沒有船隻？」

其他三人依言騎馬分散開去，劉邦一人則往一山頂馳去，來個登高而望。

不遠處一高崖的江面上隱約可見一艘船隻，劉邦見了心下大喜，當即向高崖馳去。

到得高崖邊緣，劉邦視察了一下地形，找了個最接近崖下江面船隻的位置立定。

看著足足有十多丈高的懸崖，劉邦心下不禁發毛，但一想起那不死之藥萬轉銀丹的誘惑，又鼓起了勇氣，暗暗祈禱道：「馬兒啊馬兒，保佑我一舉跳到船上去吧！至於你這麼匹好馬，委屈一下喝些江水了！但如果你死了，我得到了那萬轉銀丹，日後我會為你立牌記功的！」

如此想著，猛喝一聲：「跳！」

馬匹被劉邦一劍劃下，痛得長嘶一聲，使出最後一絲力量向崖下跳去。

馬匹勢盡下墜，劉邦飛身離騎，凌空以馬匹做踏足點，借力左跳右蹦，終於安然降落船上，但他三魂七魄已是嚇得只剩下了一半。

正當劉邦在粗氣喘喘的平定心緒時，身後突地傳來一聲童音的驚呼聲道：「呀，你是誰？怎麼也跑至我們的船上來的？師父——！」

劉邦心下一緊，站了起來，凝神戒備，轉身向發聲處望去，卻見是一個十來歲的伶俐女童正眨著一雙驚訝的眼睛望著自己。

心神一定，笑嘻嘻的邊走向那女童邊道：「小妹妹，你師父是不是徐福方士呀？」

話音剛落，船艙內一道身影疾掠而來，口中大喝道：「狗賊，想捉我？去你媽的吧！」

一名頭髮鬍子全白了的頗具仙風道骨的威嚴老者，不由劉邦分說什麼，閃身出手便攻，身法與動作均是快若靈蛇。

劉邦心下一驚之下急施「百變身法」閃避，口中同時問道：「老先生就是徐福方士？」

老者攻勢不減，冷喝道：「是又怎樣？想不到秦狗之中也有你這等高手，看來是秦狗氣數未盡了！嗯，你就是昨天來的狗賊皇上身邊三大聖士之一吧？想不到竟然這麼年輕？真是可惜！」

數招過後，劉邦因位置不利，只得閃避不攻，心下一火，當即自懷中掏出魚腸匕，「鏘」的一聲寒光一閃，已是拔出短劍，口上大喝道：「徐福，你是走不掉的，還是乖乖交出萬轉銀丹吧！或許我可以放你一條生路！」

老者冷哼一聲道：「我說過我沒煉成什麼不死之藥，你們就是不信！其實即使煉成了，我也不會交給你們這些秦狗為虎作倀！」

劉邦正想說出自己身分時，突見得一男一女兩個十來歲的孩童大喝道：「師父，讓我們趕他走！」向劉邦做勢衝撲過來。二小如靈猴，身法靈活迅捷，招式變幻莫測，劉邦一時之間也被他們迫得連連後退。

可惡！難道我劉邦這會兒連兩個小孩也敵不過？那還怎麼在道上混？

心下惱火的想著，口上大聲道：「小朋友，你們不是我的對手，還是退下讓你們師父上吧！」

二人全然不理劉邦勸告，仍是繼續狂攻不止。

劉邦被他們纏得心頭火起，施得變招，「雲龍八式」劍法應手而出。卻見他劍勢縱橫交錯，變幻難測，讓得二小連連閃避不止，已是只有招架之功而無還手之力了。

老者在旁見了心下暗叫「厲害！」口中喝回二小道：「金童玉女，快退回來！」

二小本是早想退身了，但因顧著面子所以還死頂著，聞言頓忙退下，卻見二人身上衣衫多處被劉邦劃破，還幸得劉邦手下留情，要不二小已早就沒命了。

老者徐福口中「咦」了一聲，似是奇怪劉邦這秦狗手下的三大聖士之一的凶人，怎麼地忽發善心不殺人了，以他當年在天羊宮為秦始皇煉製丹藥時所得知，秦始皇手下的兩大聖士任橫行和田霸乃是殺人不眨眼的魔頭啊！

這年輕的聖士似乎不是殺氣，並且天庭飽滿，目中流露凜然正氣，應該是個正道之士啊！怎麼會投效秦狗為他們賣命呢？

徐福心下納悶著，劉邦這時平定下心下火氣，笑嘻嘻的道：「你是不是怕獻出不死之藥給胡亥和趙高這兩隻秦狗，才想乘夜開溜啊？不過你當年乃是秦始皇的煉藥方士，不死之藥雖沒煉到，但什麼大補丸的強身健體之藥總煉成了吧？嗯，聽說你有一顆勞什子的萬轉銀丹，可不可以拿出來讓我開開眼界呢？」

徐福聽了劉邦這話詫異道：「你……」

才只說了一個字，劉邦就已截口道：「你什麼你的嗎？是不是奇怪我怎麼會罵秦狗啊？其實說來很簡單，因為我不是什麼秦狗手下聖士嘛！當然我與任橫行和田霸二人稱兄道弟，這內中卻又有一段說來話長的原因了！」

徐福被劉邦吊往胃口，脫口問道：「什麼原因，可不可說來給我聽聽呢？」

劉邦哂道：「當然可以了！」

說著當下把自己如何向楚懷王立軍令狀抓任橫行，如何秦東郡城智擒任橫行，又如何突出變故被秦嘉要脅，直至自己押送任橫行途中遇田霸劫搶，自己被迫解去瘟神穴道被制銀針，自己說服二煞星不殺自己、以及自己後來如何虛與委蛇的與二人結拜兄弟的事，從頭至尾對徐福說了一遍。

徐福聽完後，目射奇光的盯著劉邦好一陣，才向他抱拳行禮道：「原來是劉將軍大駕光臨，老夫先前多有誤會，失禮了！」

劉邦罷了罷手道：「沒什麼沒什麼的了？嘿，聽說徐方士煉製成了一顆叫作什麼萬轉銀丹的丹藥，不知是真是假呢？」

徐福點了點頭道：「這是不假！但我煉成的萬轉銀丹並不是什麼不死之藥，而是一顆採一萬種絕世草藥，經了二十多年煉製出來的丹藥，其功效到底如何我也不知曉，要是胡亥和趙高得了這丹藥吃了虛不受補，其中一人死翹翹了。那我不被治誅連九族之罪才怪，還有普天下的方士豈不是者要遭殃？

「為此，在我為秦始皇煉製不死之藥時，我就想跑，終於被我施以一計說要煉製不死藥必須前往海外的的蓬萊、方丈、瀛洲三座仙島採摘島上不老仙樹上的不死果作藥引才可煉成，不想秦始皇鬼迷心竅之下倒真信了我的話，被我逃到了這靠西域的常樂鎮隱名埋姓的隱居下來。

「但誰知二十幾年後，始皇帝的宦官趙高還是查出了我的下落，所以派了大批兵馬前往常樂鎮圍了個水洩不通，用殺人的方法迫我出來，無奈之下我只得向秦狗屈服，後得知有三大聖士來了常樂鎮，我思前想後之下還是自私的逃了出來，不想卻還是被你這假聖士給追上了！」

劉邦嘿嘿笑道：「說來我這假聖士來追你也是因起貪心，所以才來追你的呢！」

徐福想不到劉邦如此坦誠，心下本已敬服他的智謀，當下更生敬仰之心，沉吟一陣，忽轉入船艙取出一個紅木盒子遞給劉邦道：「老夫和劉將軍一見如故，甚是欽佩劉將軍的勇氣和才智，現無以向劉將軍這反秦義士送什麼禮物，就特把這顆老夫窮畢生心血煉製的萬轉銀丹送給你，略表我對劉將軍的一點景仰心意吧！」

劉邦心下大喜，自己本是為了這萬轉銀丹而來追徐福的，只想不到這麼不費吹灰之力就到手了！不，也受了番沿途追趕勇跳高崖的力氣呢！心下想著，手中接過盒子口中卻道：「這怎麼好意思呢？不過徐方士一片心意，我也卻之不恭，只好將就著點勉為其難的收下了！」

說這話時，心下同時想道：「嘿，管你這丹藥功效如何呢！既是你這煉藥高手窮畢生心血練成的唯一一顆丹藥，定是個寶貝好東西了！我先不管三七二十一的把它吃了罷！免得節外生枝被其他人給搶了去了！」

如此想來，打開盒蓋，卻見一顆有如荔枝般大的銀灰色丹藥放在其中，一陣撲鼻的清香讓得劉邦食欲大振，當即也不問徐福怎麼服用，拿起來就一把放入口中吞進了肚子去。

徐福見了面色略變，呆望著劉邦道：「你……不怕服下後有不良後果？」

劉邦服都已經服下了，聞言心下駭然，口上卻哂道：「有什麼怕的！生命由天定！如我命不好，就是不吃這丹藥也會死的！如我命好呢，服下這丹藥後說不定會讓我真能長生不老呢！」

徐福連連誇讚道：「好！好氣魄！想我雖煉成這萬轉銀丹好幾年了，可一直因不知其服下後果，所以煉成了不敢妄自服下！想不到劉將軍卻是一見之下想也不想的吞服了！這份灑脫氣概可真是讓我徐福敬服不已啊！劉將軍你年青有為，有膽有識，前途無量啊！」

劉邦被吹捧得忘乎所以的，突在只聽得任橫行的聲音高高喊著傳來道：「三弟，你與那牛鼻子老道囉嗦個什麼，快宰了他拿了萬轉銀丹靠岸！我們還要前往西域有要事去辦呢！」

劉邦聞聲望去，卻見任橫行身形如鷹般從高崖上向船隻飛來，心下大驚，忙對徐福低聲道：「徐方士，你領了你的兩個道童快乘小船逃走，讓我來為你阻住任橫行他們！」

徐福面露感激之色，卻是搖頭道：「我這把老骨頭活在這世上早就沒有意思了，劉兄弟還是不要管我了吧！你可要以大事為重啊！」

劉邦還待說什麼，任橫行已是落身船上，衝著劉邦哈哈大笑道：「三弟原來早就把這徐福給說服了！嘿，你飛馬上船的那一手輕身功夫可也真不錯的嘛！大哥見了都不禁為之心服！」

劉邦知道任橫行猜知了自己和徐福之間已經溝通了，如此說來只是在為他自己找一個原諒自己的理由，忽地長歎一聲對任橫行道：「任大哥，萬轉銀丹已被我服下了，你要抓的話就抓我吧！但請求你能放過徐方士他們！」

任橫行聽得一愣，目中射出又氣又惱又無奈的寒光，冷哼了一聲道：「三弟不顧生死的搶先上船找徐福，原來卻是為了萬轉銀丹的啊！你的膽子可也真大！可別以為我與你結拜為了兄弟，你就可以膽大妄為了，要知道我還是兵你還是賊，我們是處於敵對位置的！

「你也說過必要時也可大義滅親的！你現在闖上了彌天大禍，我卻是也再幫不了你了！

「要知道這萬轉銀丹乃是皇上和先皇的交代，讓我如何向皇上交代？還有趙高為了得到這萬轉銀丹也要費盡心機，現下被你吃了！大秦宮庭或許將會爆發一場危機你知道嗎？我……我這下是再也顧不得你了！一定要殺了你，從你腹中取出萬轉銀丹！」

說著面露痛苦之色，接著又道：「來吧！念在我們結義之情的份上，我先讓你三招，再在三招之內擒下你，如你能避過我十重天功力的橫練金剛身一擊，我就放了你！但這徐福無論如何我也不會放走他的！」

劉邦聽得心下一寒，但知任橫行能如此對待自己，也確是對自己夠情深義重的了，當下只得強作鎮定，苦然一笑道：「任大哥出手吧！小弟自知不是你的敵手，要殺要剮任你便了！」

任橫行暗一咬牙，作勢欲向劉邦出擊時，徐福忽地道：「萬轉銀丹入口即溶，你現在即便是殺了劉邦開腸剖肚，也找不著萬轉銀丹了！」

任橫行聞言一怔，收手望向徐福問道：「你這老東西還有沒有其他的萬轉銀丹？」

徐福坦然道：「沒有了！老夫一生只煉成了一顆萬轉銀丹，已給劉邦服了！不過也並不是沒有挽救的餘地，只要閣下不殺劉邦，把他帶著與我一起去見皇上，我自會有辦法讓劉邦體內的萬轉銀丹藥效轉移到皇上身上去！

「其實，我之所以把萬轉銀丹交給劉邦服食，乃因為我不知這丹藥功效穩不穩定，所以讓他來試驗，如他在七天七夜後無事的話，那麼就證明萬轉銀丹煉製真正成功了！到時我把劉邦身上藥力施法轉移到皇上身上，皇上就可長生不死了！」

任橫行本是不想殺劉邦，聞言冷冷道：「好！我就不殺劉邦，把你們一齊都押回京去！」

劉邦見暫免一死，心下大是鬆了一口氣，目光往徐福感激的望去，雖知他是在胡吹亂吹，但卻也不知他葫蘆裡賣的到底是什麼藥。

任横行和田霸沉默無語的押著劉邦繼續北上，這次卻是氣氛再也不活躍了。

劉邦雖是沒有像徐福和他手下的金童玉女一般被鎖進囚車，但卻已是被任橫行出指封住了他身上的幾個要穴，使他渾身乏力，就是想溜也溜不掉了，愁眉苦臉的坐在田霸身邊。

田霸終於忍不住歎了一口長氣對劉邦道：「三弟，你為何要吃下那萬轉銀丹呢？一般的事情我們還可不與你計較，可這事我們卻是想不與你計較也不成啊！萬轉銀丹乃是始皇帝臨死前還在念念不忘的丹藥，因為在徐福在為始皇帝練丹藥時，他曾服食過一小點尚未煉成功的萬轉銀丹，讓得他精神大振了足有兩月有餘，所以始皇帝也便相信了這萬轉銀丹是不死之藥！

「後來徐福趁說外出海外仙山尋找不死果的機會攜藥一去不返，始皇帝盛怒之下不知殺了多少煉藥方士，也派出了大批的探子查尋徐福下落，可始終音信全無！始皇帝曾對我及任大哥說過，他如不能得到萬轉銀丹，就是死後也不會瞑目！

「我和你任大哥都是始皇一手養大的，我們的生命和思想都是屬於他們，叫我們背叛始皇，我們寧可死！可就是死，我們也要完成始皇的心願！你也不能怪我和任大哥對你不念手足之情了！我們也是出於無奈啊！」

劉邦能聽得這煞星說出如此一番誠摯的話來，已覺甚是快感了，這證明任橫行和田霸對自己確實是產生了感情，能得二人這般賞識，也是自己的無上光榮了吧！

心下想著，劉邦苦笑道：「二哥不必說什麼的了，我理解你們的苦衷！其實我與你們結交還不是利用你們想逃命？我的這份自私心理已是天理不容，如今落得這下場，也是上天對我的一種懲罰吧！二哥，至現在我才明白你和任大哥對小弟確是一份真情實感，小弟能得兄弟如此，也算我劉邦的榮幸了吧！」

任橫行這時插話道：「小子，你別再想用這些花言巧語打動我們的了！告訴你，無論你說得怎樣天花亂墜，我也不會軟下心腸放你的！」

劉邦見任橫行如此精明，識穿了自己心計，心下大是叫苦，但表面上卻還是一臉正色的道：「小弟確是個小人，但我這刻的情感卻是真實的，至少我有些被二位大哥對我的真情所感動！想二位大哥乃是令天下風雲色變的大凶人，可能對小弟如此，證明你們是看得起小弟了！尤其是任大哥，我設計害你，你還能不計前嫌的與我結拜兄弟，這能不讓我愧然感動嗎？」

任橫行沉默下來，這時突聽得田霸沉聲驚呼道：「是趙高他們的兵馬！怎麼這麼快就打道回中原了呢？難道他的事情辦完了嗎？」

任橫行和劉邦聞言，心下齊都一緊的舉目望去，卻見一大隊約三四千左右的秦軍旗幟的人馬，就在距離自己等半里之遙處，正向自己這邊的方向進發，一個陰沉的聲音驀地響起。

第六章　湊巧脱身

劉邦和任橫行聽得田霸說趙高領了大隊人馬向自己等迎面而來，心下齊都大驚，正這當時，卻見得對面隊伍中一個滿面春風的奸相老者在隊伍前面衝著他們幾個哈哈大笑的冷沉道：「是什麼風把無敵雙英二位也給吹到這西域的邊界之地來了？嗯，囚車中的老者是徐福方士嗎？那可恭喜二位了！只不知萬轉銀丹到手沒有？」

說著時雙方已是越來越近，任橫行這時也打了個哈哈道：「我本是奉皇上之命去刺殺楚懷王那狗賊牧羊童的，誰知這傢伙福大命大讓我失手了，於是一路連闖叛軍十三郡，鬧了他們個雞飛狗跳，到東郡城時遇上了田兄，著我與他一起追查徐方士的下落。不巧被我們抓住了叛軍首領劉邦，從他口中無意逼問得知徐福士原來隱居在常樂鎮，便擒住了他，正想押著他們去西域取萬轉銀丹！因為徐福說他把萬轉銀丹藏在西域的一秘道之內！不巧卻在這半路上遇上了丞相！不知丞相來西域卻是為得何事呢？」

任橫行因與趙高一樣是秦始皇的貼身心腹，所以趙高雖官位比他高得多，卻是也不向他跪地行禮，只是以平起平坐的語氣對趙高說話。

趙高對任橫行對自己的傲慢態度似是不以為然，但聽得劉邦之名卻是心下又驚又喜。

劉邦，不正是「日月天帝」教主座下左使童子項思龍的義弟麼？教主也曾委託自己照顧劉邦呢，想不到這刻卻教自己遇上了他！

嘿，如果自己從任橫行他們手上救下劉邦，那自己既可以施恩左使童子項思龍，又可以討好教主，說不定會被賞以傳授「聖火令」上的武學呢！再說項思龍似被教主選定為他的繼承人，那麼自己救下他義弟，日後可有的是好處！

如此想來，趙高的目光落在了正一臉厭惡的望著自己的劉邦身上，衝任橫行嘿嘿奸笑道：「二位聖士這次的收穫可真不小啊！既找著了徐福方士，又抓著了一叛軍首領，皇上這次可定會龍顏大悅了！嗯，本相此番正好準備回京城，不知二位聖士能否把劉邦交由我帶回去交給皇上呢？你們押解徐方士去西域取萬轉銀丹！」

任橫行聽了這話，心下暗道：「趙高這傢伙在搞什麼鬼！似乎對劉邦比對萬轉銀丹更感興趣，難道劉邦對他更有利用價值？這不可能的吧！劉邦只是眾叛軍中的一支力量較小力量的將領而已，他能幫趙高什麼忙？」

心下大是疑惑不解下，任橫行一口拒絕道：「不用了！劉邦我們自會押解回京的，不勞丞相費心！嗯，丞相還沒回答我的問題呢！」

趙高目中凶光一閃，但卻也知道眼前這兩大煞星不好對付，憑自己一人之力還解決不了他們，只得強壓心下的殺機，淡淡的道：「本相做事還輪不到你們來管！劉邦今天我一定要帶走，因為有了他在手，他的義兄項思龍就得受我們要脅，要知道項思龍乃是西域地冥鬼府和大漠北冥宮兩大中原曾風雲一時的教派少主，若項思龍被我們朝廷所用，那麼也就是說中原武林整個的勢力也就是我們大秦的了，要對付起眾多叛軍也就會易如反掌！此等關係大秦生死存亡的罪犯，還是交給本相處置的好！」

任橫行聞言心道：「原來如此！難怪你對劉邦如此關注呢！原來你在打他義兄的主意！」

其實任橫行還是猜錯了，一來趙高要劉邦不是如他所說的去要脅項思龍，而是去討好項思龍；二來趙高之所以對萬轉銀丹不那麼重視，乃是因為秦始皇當年追求不死之藥之事，就是他想出來的鬼主意，對不死之藥的真偽，他可是心下有數。

至於他也想得到萬轉銀丹，一來是想藉以掩飾自己的不死之藥之說，因為他也如此重視萬轉銀丹，那麼其他之人也就不會懷疑不死之藥之說全是他一手搞的把戲，要不這陰謀被拆穿了，朝中大批大臣可是都投向胡亥來反他；二來是因為他見過秦始皇服食過尚未煉成功的萬轉銀丹的功效，確是誘起他的貪心。

閒話少提，卻說任橫行心下想著時，口中卻也強硬道：「我等是管不到丞相的事，但你也管不到我們無敵雙英的頭上來！」

趙高聽得臉色一變冷哼道：「你膽敢用這等語氣跟本相說話？不要給你三分顏色，你就進尺七分？要知道你們如此以下犯上，本相可以治你們以死罪的！還是把劉邦交給本相吧！如此我還可以念在我們曾經共事的份上對你們網開一面！

否則，可別怪本相不念舊情了！」

任橫行聽了毫不退讓道：「他人要看你趙高的臉色行事，我無敵雙英可不會！有本事你儘管放馬過來是了！拚著我一死，我們二人聯手起來要殺死你，卻也是辦得到的吧！」

趙高聞言再次色變，不過任橫行說的也確是不錯，自己這方雖然人多勢眾，但除自己外再無他們無敵雙英抗衡的高手了！一對一自己還有把握取勝，但二對一麼，自己卻是太冒險了！更何況搞得這兩個凶人火起，如真拚了命把劉邦、徐福都給殺了，那自己可就偷雞不著反蝕一把米了！還是待機而動吧！自己可以跟蹤他們，看無敵雙英到底在搞什麼鬼？

說是去西域取萬轉銀丹，看來這話是假的！他們二人一定是奉了胡亥這不知天高地厚的小子密令來西域監視自己的！

嗯，自己何不將計就計將他們引到西域，到時自己可邀有關西方魔教的高手來對付他們了！索性殺了這兩個傢伙，胡亥的實力就消去了一大半，有若沒了牙齒的老虎，自己他日要謀反也就可省事多了呢！

想到這裡，趙高心下頓然有了定計，當下強忍心下怒火，嘿嘿奸笑道：「任兄言重了吧！咱們乃是自家人，何必講打講殺的呢？噢，對了，我還有些要事需再去西域一趟，任兄如方便的話，我想與你們一道隨行，如不方便呢，那我可就先行一步了！」

任橫行不知趙高又在玩什麼鬼把戲，不過如讓他與自己等一道隨行，那自己的謊言豈不要被拆穿了？還有如此一來，不是自己去監察他，而是他來監察自己等了！

如此想來，當下也緩和語氣道：「趙丞相有要事的話，就請先行吧！我們因押著幾個要犯，腳程自是會慢許多，我看還是不耽誤趙相了！」

此語正合趙高心意，當下點頭道：「即是如此，那我也就先行一步了！方才魯莽，多有得罪之處，還方請任兄多多擔待一二！」

言罷，再也不理任橫行，著隊伍中的將領領了人馬先回中原去與秦軍會合，自己則挑選了幾個武功好手策馬再次向西域方向馳去。

看著趙高等離去的背景，田霸憂心忡忡的道：「任大哥，我看趙高此舉有詐，我們現在到底該怎麼辦呢？去跟上去還是撤返回京？」

任橫行沉吟道：「我看無論我們是跟上還是撤返回京，趙高這老狐狸都一定不會輕易放過我們！他此舉分明是在引蛇入洞，把我們引進西域，他就有同黨的武功高手來對付我們，這樣他既可得到徐福和劉邦又自身安全有了保障。但如果我們撤返回京的話呢，趙高又一定會沿途暗中策劃他在中原的同黨來陷害我們，讓我們還可以查得他什麼不可告人的秘密呢！」

劉邦一直沉默著靜看局勢發展，他本希望趙高和任橫行雙方火併起來，可不想趙高卻率先敗陣下去，心下甚是失望，不過也暗暗慶幸，自己落在任橫行手上可總比落在趙高手上好。

劉邦正如此想著時，任橫行這時忽地對他道：「三弟，你對這事有何看法呢？」

劉邦自是巴不得他們去西域，只要到了那裡，自己見到大哥項思龍，那自己就萬事安全了。

當下脫口道：「不入虎穴焉得虎子，二位大哥此次北上西域的目的還不是為了查尋趙高的某些秘密，那本就已是冒險之舉了，如現在退避，那豈不是明擺著在告知趙高你們懼怕他？如此趙高在朝中的氣囂就會更加囂張了！」

田霸點了點頭道：「嗯，大哥和三弟的話分析得都有道理，那我們就繼續北上西域吧！」

一路風平浪靜，可任橫行和田霸卻是愈感到危機的接近，只有劉邦和徐福二人仍是那麼一副無憂無慮的樣子，並且劉邦還甚是興奮。

這一日到了雲中郡城。

城中到處都是匈奴兵把守，但卻是一派繁華景象，街上行人眾多，店鋪家開張，叫賣聲，歡笑響成一片，與之常樂鎮比起來，簡直就是一個人間天堂，一個人間地獄。

守城的眾匈奴兵也甚是循規蹈規，只是巡邏各處安全，並不對民眾唱罵踢打，反是在遇著老弱病殘時儘量的去幫助他們。

劉邦看得雙目放光，禁不住大叫起來道：「這才是人們嚮往的城市生活啊！只不知這雲中城的守將頭領是誰？我劉邦倒是想拜見他一下！」

徐福也歎口氣道：「大秦是必滅亡矣！一個國家要想強盛起來，人民的生活提高了才是最重要的！這樣人民就會擁護統治者，治國者的江山才可以坐穩！大秦的君主都只會貪圖享受，生活窮奢極侈，而絲毫不顧人民的死活，這樣的政權能夠長治久安下去，才是天下怪事！」

徐福的這話被旁邊一個行人聽到了，訝異的望了囚車中的徐福一眼，敬服道：「這位兄台說得不錯，天下苦秦久矣，大秦必滅亡，只是遲早的事！嘿，我們這雲中郡城本也是一個戰火紛起之地，可自項思龍少俠打敗達多和童千斤他們一幫匈奴狗官，收降了匈奴兵後，在他的管治之下，我們這雲中郡城比之王剪將軍在這裡坐鎮時還要平定多了！」

劉邦聽了大喜的忙問這行人道：「不知兄台可知項少俠現在在什麼地方？我是他……」

劉邦的話還未說完，任橫行就怒望了他一眼，截口道：「多謝兄台指教了！」

言罷馳快車速，對劉邦沉聲喝道：「不要胡亂說話！否則可別怪我心狠手辣！」

劉邦一臉苦色的笑了笑，心下卻還是歡快得要命，真巴不得馬上見到項思龍。

田霸這時對任橫行道：「任大哥，看來趙高定是不會在這雲中郡城的了，我們出城吧！」

任橫行點了點頭道：「項思龍在西域甚是得勢，又指使他義弟劉邦反我大秦，趙高當不可能與他勾結上的。那麼西域還有什麼其他的大勢力可依了呢？看來只有是傳聞中的西方魔教了！」

田霸贊同道：「不錯！哼，我看他在朝中也是沒有什麼立足之地的了！只要我們朝中內憂一解，皇上實權在握，重整大軍，定然可以平反各地叛軍的！這可是天助我大秦了！」

任橫行嘴角浮起一絲略帶冷漠的笑意道：「希望如此的了！唉，皇上他……」

話只說了一半，任橫行再次長歎了一聲，卻是沒有再說下去了，只是眉頭緊鎖。

就在這時，突地一隊匈奴兵策馬在前阻住了眾人去路，其中一青衣老者冷聲沉喝道：「閣下等可是大秦走狗無敵雙英？」

任橫行心下一沉，雙目凶光一閃道：「不錯，我們是無敵雙英！我看爾等還是讓路吧！我現在不是來與你們這些匈奴狗算帳的！」

青衣老者嘿嘿冷笑道：「那麼不知有一位叫作劉邦的中原義軍統領，可是否落在了你們手中？」

說著目光落在了劉邦身上。

任橫行「哼」了聲道：「原來趙高勾結的是你們這些匈奴狗！叫他出來吧！不必藏頭藏尾的！」

話音甫落，趙高卻果也哈哈奸笑的從一屋角裡飛身閃了出來，望著任橫行道：「任兄也聰明得很！不過你這次卻是自投羅網了！」

青衣老者這時對任橫行道：「這位兄台，這裡是大街上，我不想動武驚動百姓，所以你如夠膽識的話，不若我們就找個偏僻的地方作個談判吧！我可以保證不會對閣下等群起攻之的！」

任橫行沉思了片刻，竟也答應了道：「好！反正既來之就安之，閣下請帶路吧！」

眾人到的地方是雲中郡城的練武校場，周圍並沒有武士守圍，只有十來個老者和十多個美豔少女以及趙高在場。

待雙方站定後，青衣老者對任橫行道：「閣下夠豪爽，我鬼青王甚是佩服！」

說著對任橫行抱拳行了一禮後，接著又道：「在下有個不情之請，就是希望閣下等能夠放了劉邦，他乃是我們少主項思龍的義弟，所以我們一定要救他！閣下有什麼條件可以儘管提出，我們會盡其所能的滿足你們的要求！若是談判不成，我們也可以來個以武分勝負，如果我們贏了，閣下就放了劉邦；如果我們輸了，就悉聽閣下尊便就是！」

鬼青王敢說這等大話，乃是因為他相信有八大護毒素女在側，等若是項思龍親自上場與眼前這無敵雙英過招，就沒有不勝的可能。

任橫行聽得心上一喜，冷哼道：「閣下可是會說話算話？再說你做得了你們少主項思龍的主嗎？不是叫他親自來跟我們談判吧！」

鬼青王見任橫行如此狂妄自負，心下不悅淡淡道：「我們少主有要事去了西域，這裡我完全可以作主，閣下只需說『是』或『否』就可以了！」

趙高這時在旁邊插口遲疑道：「鬼青王，這無敵雙英二人一身武功可不俗，我看我們還是大家齊上，殺了他們二人就是了！」

鬼青王冷冷道：「你是想叫我們少主的義弟沒命嗎？護教左使，不要以為你在西方魔教中地位崇尊，就可在我們面前指手劃腳了，我鬼青王可不會賣你的帳！

「不過，你這次來通風報信也是大功一件，我們會稟告少主，讓少主呈報日月天帝教主的，你大可放心就是！我只為救人不會與你搶功！至於救人的事我自有主張，你也不用來多管閒事的了！」

趙高聽得臉色紅一陣白一陣的，但現在自己是在請人家幫忙救劉邦，雲中郡城也是人家的勢力範圍，再有就是人家少主乃是在教主面前甚是得寵的大紅人，這口氣自己只得忍了！

心下想來，當下口中嘿嘿奸笑道：「那是！鬼青王兄乃是左使童子手下的得力大將，日後有左使童子罩著，還哪愁不發達？自是不屑與我搶功了！好，一切依鬼青王兄做主便是！」

任橫行和劉邦等在旁看得心中大訝。

趙高在朝中可是個不可一世的人物，從他害死扶蘇得權以來，就只有他吆喝別人的份兒，可從來沒有別人吆喝他的份兒，就連李斯、胡亥、曹秋道等也都全得看他的臉色行事，可想不到對方一個什麼左使重子的一個手下就可衝他指責，這到底是怎麼回事嘛？

劉邦心中是既驚且喜，那左使童子就是項思龍大哥了！趙高似很怯他，那自己脫身之後豈不也可以衝他大聲喝斥了？哈，能夠在趙高這等秦朝大官的頭上威風一番，那滋味定是美妙極了！更主要的是自己有了這張王牌，日後進攻秦軍時可是有著許多意想不到的好處！說不定可以要脅趙高叫胡亥向自己投降呢！楚懷王可是有著誰先入關中誰就為王的許諾，自己如先一步攻下了咸陽，那自己不就可以被封為王了嗎？秦室所有的財富和美女就全都是自己的了！哈，那自己可就發達透頂了！

如此美美想著，劉邦禁不住笑出聲來。

任橫行似知他心中所想，冷哼一聲，伸手點了他啞穴笑道：「小子，別發你的白日夢了吧！」

說罷又衝鬼青王道：「如此閣下就劃下道來吧！咱們怎麼比鬥法？」

鬼青王面色一肅道：「咱們也不浪費時間，一戰定勝負！我們這方派出八女與你們二人比鬥，她們輸了，我們按諾言守護你們出雲中郡城，決不讓你們受到一丁點的傷害；如果她們贏了，閣下等就放了劉邦，請隨便離開雲中郡城，不得再來玩什麼花樣！二位認為怎樣？」

田霸待鬼青王話音一落，大叫起來道：「什麼？派幾個婆娘來跟我們鬥？閣下也太看不起我們無敵雙英了吧？哼，我是不會與娘們動手的！閣下還是另換高手吧！想來你們眾多人馬之中不會慘得無人應戰了，所以派幾個娘們來送死吧？」說罷哈哈大笑起來。

鬼青王不慍不惱的微笑道：「我們行與不行，閣下等一試身手不就知曉了？二位不敢上陣，是不是認為她們八人，你們只二人，我們是在以多欺少嗎？如此的話，我就……」

鬼青王的話還未說完，任橫行就已大喝一聲道：「不要說了！好，我們應戰，不過到時可別怨我們心狠手辣，大開殺戒！」

說罷又衝田霸道：「二弟，你守著劉邦和徐福，我一人去應戰就是了！」

田霸關切的道：「大哥，你可小心了！他們敢讓八個黃毛丫頭來對付我們，那幫丫頭就定有過人之處，不可對她們掉以輕心！。」

任橫行點了點頭道：「放心就是！想我任橫行縱橫天下一生，除了栽在劉邦那小子的奸計之下就從沒有敗過，對付幾個丫頭，不會費多大力氣的！你等著看我辣手摧花吧！」

說罷身形一閃掠到八大護毒素女對面。怪笑道：「美人兒，出手吧！」

八大護毒素女被任橫行和田霸二人小看取笑，心下已大怒，聞言毫不客氣地「鏘」的一聲一齊拔出佩劍，施轉開「人蠱心魔大陣」把任橫行重重圍住，再各自嬌喝一聲，舉劍起勢向任橫行從不同部位角度分刺過去。

任橫行嘿嘿一陣大笑，對八女劍勢視若無睹，驀地大喝一聲道：「橫練金剛身五重天功力！」

卻見他雙手一陣狂揮，勁氣隨之四射向八大護毒素女，似欲一招把她們齊都殲滅。

八女心下冷笑一聲，對任橫行的以硬碰硬的鬥法甚是惱怒，才一個招面不到，對方就想用硬功一舉擊敗自己八人，這分明是看不起自己幾人。哼！那好，自己等就來個貓戲老鼠，捉弄他一番，讓這傢伙自知自己幾人不是好惹的！

八女心意相通，當下貫注了體內六成功力於劍身，「涮涮涮」一陣疾揮，任橫行發出的金剛勁竟是全被她們用劍劈散，化之於無形了。

任橫行看得心下大震，也頓知對方八女果然不是好欺負的弱女子，分神之下，當即提起全身金剛勁氣，凝神戒備八人攻勢，再也不敢冒然出手了。

趙高本是也對八女能力懷疑擔心不已，這時見了她們才一個招面就迫得對方只守不攻了，心下大定，衝任橫行冷笑道：「哈，想不到名震天下的瘟神任橫行，也有被人家迫得只是防守不敢進攻的時候，真是教人笑掉大牙了！」

任橫行本是被八大護毒素女散發出的沉重壓力給激得又驚又怒，聞得趙高這激將之語，心頭更是毛燥，額上青筋條條突起，雙目寒光暴射的又大吼一聲道：「橫練金剛身十重天功力！」

八女聞得任橫行大叫時，已是各自提升了二層功力，準備隨時恭候對方這雷霆一擊了。

「轟轟轟」一陣勁氣相觸的巨大炸裂聲響起。

任橫行覺察對方功力超強時，已是為時已晚，雙方已是來了個硬碰硬比拚內勁。

還好任橫行仍能沉著應變，坐馬沉腰，想穩住身形，但對方反震力太過強大，迫得他連退數丈，雙腳地面磨擦得疼痛冒煙。

心下大是驚駭下，暗裡提聚內勁，調息血氣緊壓下喉間就欲噴出的一口鮮血，但蒼白的臉色卻還是掩不住他這一擊的吃虧。

八大護毒素女也被任橫行剛猛無倫的金剛勁震得身形暴退，氣血不穩，但她們內力合勁強大，又可用「人蠱心魔大法」互補內勁調息，不大一會就已恢復正常，一副氣定神閑的模樣。

田霸和趙高在旁看得也是心頭大震。

能硬接任橫行十重天功力一擊的在他們心目中可是找不出幾人，尤其是對於田霸，他所會過的武功高手除了秦始皇可是再也找不出比任橫行更高的武功好手了，可想不到對方八個看起來幾個弱不禁風的女流之輩，竟是硬接了任橫行全力一擊，連受傷也沒有，看來對方八女確是不好對付的厲害角色了！任橫行一人定然對付不了她們，自己還是也上陣吧！

田霸心下想來，當即「鏘」的一聲拔出腰間的太阿神劍，大叫道：「任兄，我來助你！」

言罷已是縱身投入戰圈。

任橫行深吸了一口氣，面色沉重的對田霸道：「這八個妖女功力出奇的深厚，並且她們的功力似乎可以隨時隨意互補互助，田二弟可是要多加小心了！不要與他們硬拚！」

田霸應了聲「是」，當即提聚功力貫注太阿神劍劍身，太阿神劍劍體寒芒倏地暴長三尺，有如一團白煉般的圍在劍體四周。

任橫行也再聚全身功力，自腰間拔出了一柄血紅的軟鞭，隨手一抖，幻起一片紅光。

對方加入一大高手，八大護毒素女也再不敢粗心大意，心斂神定，把功力也提升至十層，互相對望一眼，形成默契，突地身形如旋風般圍繞二人越旋越疾，漸漸只見影子不見身形，最後竟然只見一個身影在轉動，其他人都似消失不見了似的，可這一身影上上下下全是劍光閃爍，猶如一個閃亮的光球在空中滾動。

任、田二人目光一瞬不瞬的盯著這旋轉的身影，心神戒備嚴密得近乎有點緊張。

「嗖嗖嗖」身影倏地分開，長劍如電光火石般分往二人突地襲來，慌得任橫行和田霸有點手忙腳亂的出手應戰，但還是慢了一步，身上的衣服已被對方這記突襲劃破，可對方又似不想殺自己二人似的，劍剛觸體，頓即彈開。

任橫行和田霸哪曾受過這等耍弄，氣得各自怒吼一聲，如發了瘋的狂獸般揮動長劍向八女攻擊，可八女身形閃避快捷之急，根本讓他們摸不到她們身上的一片衣角。

趙高這時見八女已勝利在握，當下向劉邦走去想救下他，見任橫行卻剛巧看見了，瘋狂中理性已是失去，哪管劉邦還是自己結義三弟。只想著殺了劉邦讓這幫耍弄自己的人痛苦不堪，尤其是項思龍，如得知劉邦被殺，定會痛苦之下責難這幫人，包括趙高，如此自己即便死了，也痛快非常！還有殺了劉邦，也算是自己最後為大秦出的一份力量了！

在趙高身形一動走向劉邦身處時，任橫行大吼一聲，身形沖天而起，如脫弦之箭般向趙高和劉邦分擊過去，勁猛無倫。

趙高不防之下，心頭大驚，想也沒想一把用功力吸過劉邦抵擋在身前。

任橫行見了哈哈怪笑一聲，雙掌一拚，功力全然擊向劉邦，衝田霸喝了聲道：「咱們走！留得青山在，不怕沒柴燒，這個仇咱們日後再報！」

「蓬！」的一聲，任橫行所施金剛勁功力全然擊在了劉邦身上，慘叫一聲，劉邦口中鮮血急噴，趙高身形也是疾退，「哇」的噴出一口鮮血。

鬼青王等眾人見了這等意想不到的境況發生，均是嚇得亡魂大冒，也顧不得任橫行和田霸了，齊都向劉邦驚叫著湧來。

「咚！」的一聲劉邦身形被震飛空中後跌落地上，當場昏死過去，趙高見自己闖了大禍，嚇得面無人色，趁眾人只是關注劉邦之際，也趕忙溜了開去，但人也負了重傷。

鬼青王一臉驚駭慌張之色的伸手探了探劉邦的氣息，感覺劉邦呼吸正常，連急促也不急促，大感詫異之下，又抓起劉邦手腕來為他把一陣脈，臉上露出不解的古怪之色。

八大護毒素女和鬼王四護法以及傅雪君等都是一臉緊張焦急之色的望著鬼青王。校場的氣氛倏地變得凝重之極。

鬼青王眉頭緊鎖的連聲道：「奇怪！奇怪！二少主體內似乎蘊藏有一股未被開發出來的巨大功力，任橫行方才那全力一擊的功力似也被他體內的這個功力源泉給吸納了去，竟然與他體內蘊藏的功力給融為了一體，所以二少主才沒爆體而亡，反是因禍得福，任橫行這一記拳勁擊發了他體內含有劇毒的淤血。這……二少主的身體機能怎麼這麼奇怪呢？」

傅雪君聽得似懂非懂的焦聲道：「爹，你不要講這麼多我們聽不懂的話了！

劉邦到底死沒死？我們關心的可是這一點呢！」

鬼青王正待回答，坐在囚車的徐福突地發出一陣舒暢的哈哈大笑道：「成功了！我的萬轉銀丹終於煉製成功了！哈哈，劉小子這次可正是因禍得福啊！我煉製的萬轉銀丹本是一種可提升人體潛能功內的丹藥，但為了對付秦始皇那暴君，所以在我為他煉製萬轉銀丹時加了幾味天下劇毒，後來我逃出了天羊宮，興致所致之下，我於是繼續成功了萬轉銀丹，可我想盡了辦法想解去內中的劇毒，仍是對自己產生懷疑，一直不敢服用老夫窮了畢生心血煉成的萬轉銀丹，這次劉小子服了它，我本想用他來害胡亥和趙高，可不想趙高貪生怕死之下用劉邦來作擋箭牌，劉邦受了任橫行全力的金剛勁一擊，激發了他體內萬轉銀丹的潛能，使他既免去一死，又逼出了體內的劇毒！哈，天意！一切都天意！老夫一生的心血，原來卻是為劉邦這未來的真命天子服務的！」

徐福的話讓得鬼青王等聽得半知半解，但八大護毒素女等卻是聽明白了劉邦沒死這一點。禁不住齊都歡呼起來，心頭懸著的大石終於落地。

鬼青王卻是對徐福說劉邦是什麼真命天子的話大感詫然，因為他是也聽項思龍說過劉邦是真命天子這話的，不想這徐福也這樣說，難道少主義弟劉邦真的是今後天下的真命天子？

鬼青王正如此想著時，校場遠處突地傳來了韓信焦急的叫聲道：「鬼青王，我三弟劉邦是否從那勞什子的無敵雙英他們手上截擊下來了？」

原來韓信被項思龍派往去項羽軍中做臥底，這刻正好途經雲中郡地，得知劉邦消息，頓即風風火火的趕來了校場，遠遠的就衝鬼青王質問。

鬼青王斂神回來，站了起來迎上飛身趕來的韓信道：「二少主他被那什麼瘟神任橫行擊了一掌……」

鬼青王剛只說到這裡，韓信就已嚇得亡魂大冒的怒喝道：「什麼？你們這麼多人也沒保護好三弟？這……怎麼去向二弟交代啊？」

鬼青王一臉苦色，徐福這時已笑呵呵為他解圍道：「你三弟乃是真命天子之身，不會如此輕易就死的！這位仁兄不要發那麼大的火嘛！」

韓信聽了心下又驚又喜，閃身出掌擊破囚車，用功力震斷徐福手中鐵鍊，忙問道：「老先生，我三弟真的是天命之相？那……他現在哪裡？」

眾人的吵雜聲驚醒了昏迷過去的劉邦，在眾人呆望著自己的目光！和「哎喲」一聲，伸手揉了揉被擊得疼痛異常的胸口，道：「哇咔！我怎麼沒死啊！

咦，任橫行、田霸和趙高他門呢？你們都是我大哥項思龍的朋友是吧！嘿，我是他拜把的好兄弟劉邦！不知你們可否能帶我去見見我項大哥呢？我已有兩年未見過他了，心裡可怪想他的呢！」

眾人都睜大雙目怪怪的看著劉邦，想不到他不但沒死，還這麼快就如同常人一般了！

難道劉邦真的是真命天子嗎？

第七章 進發南海

劉邦見眾人都目光怪怪的看著自己，以為眾人不相信自己的話，急得滿臉通紅的大聲道：「怎麼？你們不相信我是劉邦啊？這……徐福方士可以作證的嘛！不信你們就問問他！還有你們如再不相信，可以抓我去見項大哥對證！」

韓信等見得劉邦如此緊張認真的模樣，都面面相覷的竊笑了起來。

韓信上前甚是興奮而又關切的拉著劉邦的手道：「三弟，你真的沒事嗎？嘿，二弟可天天都把你掛念在嘴邊呢！這不，他又著我去混入項羽大軍的陣營中為你做臥底了！」

劉邦聽得滿頭霧水的道：「你是我項大哥的大哥，那麼我豈不也要叫你大哥？這可不成！項大哥與你結拜了，我可沒有，所以你這三弟還是不要叫了！我劉邦這一輩子，只有項大哥一人才配作我大哥，其他的人麼，只有叫我大哥的，可沒有人讓我叫他大哥的！」

韓信想不到與劉邦初次見面，他就為了這麼一點雞毛蒜皮的小事對自己如此冷漠，心下甚是不悅，但看在項思龍的份上，還是只得強壓心中不快，訕訕道：「這……那是！劉兄貴為一義軍將領，日後前途無量，我這等山野民夫又豈配妄自菲薄作劉將軍的兄長呢？適才多有冒犯之處，還尚請劉將軍不要記在心上！」

劉邦擺了擺手，漫不經心的道：「算了！我劉邦不會是那麼小氣的人！只是我一時還接受不了你這大哥，日後再慢慢接受吧！對了，你們方才都怪怪的望著我幹什麼？是不是我身上有什麼不對勁的地方嗎？嗯，徐方士，咱們同共患難過，那告訴我，我到底有什麼不妥的吧！」

徐福微笑道：「沒有什麼不對勁的！只是你方才硬接了任橫行全力一掌，卻安然無恙，讓大家心裡感到納悶罷了！對了，你真的沒事嗎？」

劉邦聞言突地「啊」的一聲驚叫了起來道：「噢，對了對了，我記起來了！趙高這奸賊拿我作擋箭牌，任橫行一掌勁力全落在我身上後，我原以為自己必死無疑，但誰知當瘟神掌力剛襲到我體內，觸著我胸部膻中穴時，奇怪的事情卻突地發生了，我忽地感覺我的丹田內湧起一股強大的熱浪，直衝向我的胸口膻中穴，任橫行擊在我身上的掌勁全被我膻中穴給吸化了，但我還是因承受不住驟然湧起的神奇力量，只覺全身各大經脈內有一股帶著腥味的鮮血被這神奇力量給吸聚到了喉間，所以我慘叫一聲，口中噴出一口鮮血以後就昏迷過去了，直到剛才被諸位的吵雜聲驚醒，人是沒死，但胸口卻還是有若火燒般的灼痛呢！」

徐福微笑著恭敬的向劉邦行了一禮道：「恭喜劉將軍了！萬轉銀丹的能量你已完全吸收，有朝一日劉將軍貴為九五之尊時，蘊藏在你體內的萬轉銀丹能量就可隨意受你控制，那時劉將軍就可掌握奇異能量，就是可以洞察他人的心理活動，對劉將軍將來一生的萬世基業有著莫大的幫助！萬轉銀丹乃是我無意中得自的一本赤帝遺留下來的『天罡七十二章經』中研究出來的煉丹配方，據經文介紹，能夠承受萬轉銀丹功效能量的人，就是貴為九五之尊具有天命之相的人。

「老夫自打第一眼看到劉將軍，就有一種預感貴人駕臨的感覺，所以取出萬轉銀丹試探，本也抱著不讓秦狗得到萬轉銀丹的自私心理，但誰知這一誤打誤撞，真被老夫找著了未來治國平天下的新聖人！」

說完竟是向劉邦跪了下去，恭恭敬敬的向他磕了三個響頭，接著面容一肅的正色道：「劉兄弟，今後天下蒼生的幸福就全靠你了！」

劉邦聽得心下暗暗驚奇，赤帝的天罡七十二之數？這不正如自己大腿上的黑痣數目吻合嗎？難道自己正如傳說中那樣是赤帝的化身？

哈，正是如此就好了！可自己現在在眾多反秦義軍的隊伍中還只是一個毫不起眼的小角色，可天上掉下來個大寶貝，讓自己一舉得天下嗎？還是腳踏實地些吧！要是自己現在有了項羽那小子那般的實力，做做皇帝夢還差不多！

劉邦心下如此想著，上前俯身扶起徐福，嘿嘿笑道：「托你吉言了！我會盡自己最大的一份能力挽救天下受苦受難的百姓的！不過說什麼九五之尊一統天下麼，我卻不敢想了！」

徐福好整以暇的微笑著道：「劉將軍是不是沒有信心勇氣去一統天下？其實你現在的實力雖不起眼，但你福緣深厚，我擔保你在十年之內必定大有作為，登上九五之尊，這治國平天下的重任卻是你想推辭也推辭不掉的了！」

韓信雖氣劉邦對自己無禮，但他也聽項思龍說過劉邦乃是一介市井流氓出身，個性是有些放蕩不羈的，所以怒氣也便消了，聽得劉邦與徐福的這一番對話，禁不住插口道：「劉兄弟，項二弟對你可是寄以莫大的希望，他所做的一切還不是為了你打天下服務的？所以你決不可以灰心，一定得豪情萬丈的去為實現自己的理想而奮鬥！這樣才不枉項二弟對你的一片苦心！只要你認真的去拚去搏了，即便結果是失敗，你的人生也已活得有意義了！」

劉邦胸脯一挺，意氣風發的揚聲道：「多謝徐方士和韓兄弟對我的鼓勵，我一定不負所望，盡自己最大的努力去為天下百姓謀幸福的！」

劉邦說到這裡，臉上露出笑意的望了項思龍一眼，接著又道：「在雲中郡城休養了幾天，待傷勢全好之後，我便急不可耐的要來西域見項大哥了，鬼青王等本打算護送我來的，不想與我在東郡城失散的四大鬼魅使者剛好找我到了雲中城，我於是便跟他們一道來西域找大哥了。

「嘿，大哥在西域這帶的英雄事情我可都有耳聞過，當真是了不起！以大哥現在的威望，中原如舉行什麼武林大會，我看武林盟主的位置是非大哥莫屬了！這也相當於是個小皇帝的了呢！今個與大哥重逢，我是再也不願意與大哥分開了，你去哪我就跟到哪！」

項思龍、上官蓮等靜靜的聽著劉邦的這一番述說，心下都是不勝唏噓，怔怔的看著劉邦。

劉邦見得眾人的神色，尷尬的道：「怎麼了？我……我又有什麼地方不對勁的嗎？」

項思龍這刻斂回神來，上前搭了搭劉邦的肩頭，微笑道：「不！你做得很好！此次北上擒瘟神之行，你的收穫著實不小，既增長了你的江湖閱歷，又結識了不少朋友！待我解決了西方魔教的事情後，我就與你一道去擒瘟神，救你新結識的朋友們，把那秦嘉他們殺個落花流水，讓你泡上秦鳳那辣妹子！」

劉邦聽了大喜道：「項大哥是說……從今以後願意讓我跟著你了？這……這太好了！有了大哥親自出馬，區區一個項羽又算個鳥？將來的天下定是大哥你的了！到時大哥面南背北，小弟也可以……弄個什麼大官來當當的了！」

項思龍面容一肅道：「不！大哥並不想參政議政，待天下大平之後，我想找個地方隱居下來，所以今後的天下就得靠你自己去闖了！」

劉邦聽得不明所以的喏喏道：「這……大哥，我……也陪你一起隱居好了！沒了大哥在身邊，我定是什麼事情也做不來的！」

項思龍苦笑的搖了搖頭，溫和的道：「在我們分別的這近兩年來，你不是什麼都做得很好嗎？不要連自己也不相信自己！」

劉邦搔了搔頭道：「我以前所取得的一些小小成績，可都是因為有蕭何、張良他們在身邊相助才取得的！還有，就是大哥你給我的無形力量的支持！要是沒有你們，我可是什麼事也做不來！尤其是大哥，你暗中給我的幫助，讓得我感覺大哥就在身邊似的，鼓勵著我，鞭策著我要振作起來去面對現實。否則，我這個常敗將軍早就想散了隊伍回家種田了！所以項大哥，你無論如何也不能離開我，要知道隊伍的核心力量可都是因你而投靠我的，如沒有你在，憑我是絕對難以服眾的！」

項思龍不置可否的笑了笑，喟然歎了一口長氣。

劉邦現在是決少不了自己對他的扶持，但今後呢？他可是歷史上有名有姓的漢高祖，而自己則在歷史上毫無記錄！

是因自己是現代人？自己在這古代的一切到底有沒有或多或少的改變過歷史呢？

如沒有自己相助，看來劉邦絕不可能坐上皇帝寶座的，可歷史為何卻排斥了自己呢？是自己讓劉邦通告天下不讓任何人記錄有關的事情，還是……其他的原因呢？

項思龍心中突地湧起一股莫名的恐慌來。

唉，還是不要去想那麼多了吧！

自己現在面臨的煩惱事情已經夠多了！

西方魔教，父親項少龍，還有劉邦和項羽的爭霸天下，等等等等事情，都還迫切的有待自己去解決呢！何必去想那些莫須有的事情來湊熱鬧呢？

待解決了這許多的事情後，自己就返回現代去，且再也不管這古代的什麼事情了吧！真的是有點感覺勞累了！

想到這裡，項思龍對劉邦淡然一笑道：「好了邦弟，我們也不要再爭什麼了！咱們兄弟難得重逢，今個兒就來痛飲一場！」

夜深人靜，月兒彎彎，夜色寧靜而和諧。

項思龍一點睡意也沒有，獨自徘徊在地冥鬼府的後花園中，心思重重。

與劉邦的重逢他是十分欣喜的，但一想著自己和劉邦、父親項少龍以及項羽四人之間無法化解的恩恩怨怨，他的心中就一陣陣的刺痛。

是歷史的錯嗎？亦或是現代科技發展的錯？

如果沒有那見鬼的什麼時空機器，自己和父親就不會來到這古代，歷史也就不會有這麼多的變故了！

自己的童年乃至一生也就不會有那麼多的痛苦了！還有母親周香媚也就不會終日以淚洗面的思念父親了！

還有……還有許許多多的事情也就不會那麼淒涼了！……

項思龍痛恨得呻吟出聲來，在他心中倏地燃燒起一股自己也不知道在憎恨什麼的怒火來。

「思龍，這麼晚了怎麼還不休息？」上官蓮的聲音倏地在項思龍身後響起。

項思龍心中不自覺的一緊，但很快就平靜下來，轉身對上官蓮笑了笑道：「睡不著！出來走走，呼吸一下新鮮空氣以舒緩精神！」

上官蓮慈愛的望著項思龍，溫和的道：「是在為你兄弟劉邦的事心煩？還是在為攻打西方魔教的事心煩？」

說著已拉過項思龍的手到一石凳坐下，接著又道：「煩惱不惹人，人自尋煩惱。何必去想那麼多呢？任何事情都會有一個必然的結局的，只要我們認真的去拚去搏過，成功或失敗已經是不重要的了，最重要的是要讓人活得開心活得輕鬆，這樣的人生才最有意義！」

項思龍苦笑的點了點頭，卻又歎了一口長氣道：「自古英雄最寂寞！或許每一個想成大事的人都是把心事埋藏在心底的吧！有許多的秘密埋藏在心裡，這種滋味可真不好受！」

上官蓮警覺的道：「思龍，你有什麼心事為什麼不可以對姥姥說呢？難道你連我也信不過嗎？其實姥姥早就看出你深懷著痛苦的心事了，主要還是為了你兄弟劉邦對不對？」

項思龍不想再提這煩心事，當下轉過話題道：「姥姥，你看我們此番進發南海去滅魔教，有幾層勝算呢？天風令主和骷髏魔尊他們都被我殺掉了，用古里木的身分混入敵方陣營，我看是很困難了！」

上官蓮見項思龍不願回答自己問題，知則也必有難言之隱，也不再強作他作答，聞言沉吟了片刻道：「現在最主要的是封鎖資訊，不讓阿沙拉元首和枯木真師他們得知我們已殺了天風令主等人的消息，以免阿沙拉元首他們聞訊溜回了他們西方去，那我們就難以斬草除根了！」

項思龍點頭道：「這一點我相信笑面書生已安排妥當了，他的手段可比我狠辣得多，那幫魔教兔崽子想來沒有一個會活命的。我現在還是有點放心不下的乃是笑面書生，消滅了阿沙拉元首他們後，我怕又有一個日月天帝誕生，那可更是我中原之患了！」

上官蓮冷聲道：「這傢伙是不可不防，連自己的親生兒子也想殺，其心之狠之毒可想而知，我看必要時還是毀了他為好！」

項思龍為難道：「但看笑面書生近來的所作所為，他的確是有悔過自新的跡象啊！我……有些下不了手！再說日月天帝對我有恩，我又怎麼可以恩將仇報殺笑面書生呢？如他真是個十惡不赦不知悔改的頑固惡魔，殺了他倒也可心安理得，但他……唉……！」

上官蓮眉頭一皺道：「存婦人之仁就是對自己殘酷！我看這樣吧，待平定了阿沙拉元首他們之後，思龍你就用移魂轉意大法攝去笑面書生心中的邪惡思想，把你的一些思想轉移到他腦域中去，同時肅清魔教中的一切不法之徒，使魔教徹底的改頭換面，讓他們永不侵犯我中原，這樣思龍的良心總過得去了吧！」

項思龍無奈的歎了一口氣道：「嗯，暫且就這麼定議吧！日後還得看清情況發展再說！」

翌日一天清早，項思龍還在朦朧的睡夢中時，天絕就來敲門傳報導：「少主，笑面書生那傢伙來求見你了，你見不見他啊？」

項思龍聞言一骨碌爬了起來，邊在玉貞和舒蘭英的服侍下穿衣邊道：「叫他等等，我馬上來！」

天絕應聲而去，項思龍著好衣衫後，連臉也不抹一把，當即向地冥鬼府客廳行去。

剛到門口，笑面書生就一臉焦急的迎了上來道：「教主，不好了！聽探子回報說，阿沙拉元首派了陰魔女等四大邪神來西域了，看來我們的行動計畫得改變一下了！」

項思龍心下一突道：「怎麼？難道我們這邊的情況已被阿沙拉元首他們知曉了？這……沒這麼快吧？才不過十來個時辰吧！」

笑面書生苦臉道：「可能是天風令主那千刀殺的狗雜碎來個先下手為強，在剛一懷疑教主身分時，就暗中放信鴿通知了阿沙拉元首他們，不過，他們最為懷疑的應該是我，而決不會懷疑到教主身上去的！他奶奶的，天風這傢伙可也真有心計，一方面虛與委蛇的與我暗中勾結謀反，另一方面卻又與阿沙拉元首保持著聯繫，看來我們是低估他的能力了。

「不過任他千算萬算，卻是怎也想不到他與骷髏魔尊聯手也非教主敵手，落得個含恨而終吧！」

項思龍皺眉道：「那我們現在該怎麼辦呢？」

笑面書生沉吟道：「我已考慮好了一個計策，不知可行不可行？那就是我們仍是按計劃南下，教主在途中遇上陰魔女他們時，用武力制服他們，同時以日月天帝的身分出現在他們面前，施以天魔眼和回神術以喚醒他們被阿沙拉用藥物迷制住的心神，再重新控制他們告知他們我們的行動計畫，如此一來，有陰魔女他們作證，阿沙拉就又會對你的身分半信半疑，但當他去尋求證據證實時，我們已是乘機控制住了大局，在南沙群島上埋下了油桶，把他們重重包圍了，我們照樣的可以穩操勝卷，只是如此的話，教主的危險性就高了許多！」

項思龍擺手道：「危險些倒無妨，只是就怕我們瞞不過阿沙拉他們，無法登上南沙群島實施我們的計畫，要知道阿沙拉元首和枯木真師都是老奸巨滑的老狐狸了，古里木一人隻身前往，而不見天風令主和骷髏魔尊，他們一定會生疑，不讓我們靠近他們所在島嶼！」

說到這裡，突地又道：「嗯，憑我目前的功力真的可以破解阿沙拉施與陰魔女她們的控制嗎？如弄個不好，就會計畫還沒啟動，就被他們殺個兩敗俱傷了，這可是得不償失的！」

笑面書生肅容道：「我以前是不清楚教主的真正實力，昨天風雷堡一戰，才讓我真正的大開眼界了，想來教主的功力之深，舉天下之間也是無人能敵了吧！阿沙拉給陰魔女她們服食的攝魂丹、奪魄丸，其實也是用他的至陽至毒的三昧內家真火煉製的毒藥。

「其主要厲害之處還是煉製毒丸用的阿沙拉的三昧內家真火，陰魔女他們的神智被奪，也就是因為阿沙拉的三昧內家真火融入了她們的心脈中，阿沙拉再施以魔咒，才破解了教主的天魔眼控制了她們的。

「現在只要教主用你的功力吸出他們體內的三昧內家真火，再對他們施以回神術，同時以日月天帝面目勾起他們的記憶，應該是可以解除阿沙拉施在他們身上的禁制的。想來普天之下也只有教主一人可以拯救她們吧！就是阿沙拉本人也只能施術控制她們，而無法為她們破除禁制了！阿沙拉這傢伙自信非常，如他不能做到的事，他就從不相信他人能夠做到，所以教主解除了陰魔女他們身上的禁制，命他們依你意思行事，阿沙拉一時之間是無法看出什麼破綻來的，待他知道時，我們已是一切準備就緒，開始向他們發動進攻了，那時他也就悔之莫及了！再有就算阿沙拉知曉了陰魔女等四大邪神已脫離了他的控制他也不會道破，而只會是恐懼，因為在他心目中只有日月天帝教主一人才有這本事，那時也已經把他嚇破膽了，就算他平靜下情緒來想玩什麼花樣，也是已經沒有機會的囉！」

項思龍笑了笑道：「但願你這計畫有效！」

項思龍又裝扮成了古里木的模樣，在上官蓮、天絕、曾盈、石慧芳、荊軻、神力王等一眾隊的相送下，由金轎四使抬著，領了焚天邪神、愛死你、沒人騎、易凡以及由笑面書生分派來的十六無敵衛士和一眾地冥鬼府高平等組成的隊防，提了天風令主和骷髏魔尊等一眾魔教傢伙的人頭，浩浩蕩蕩的乘坐了四艘大海船由水路向南沙群島進發，船上裝載的除了淡水和食物外，就全是笑面書生提供的黑油了。

劉邦與項思龍一起並排在船頭上，迎著清清爽爽的海風興奮的高喊道：「哎……！我們要去攻打西方魔教在我中原的總壇了吧！」

項思龍笑著拍了拍劉邦的背脊道：「別發瘋了！我們此行是要隱藏身分的！要知道魔教在這西域、苗疆、南沙群島一帶勢力無孔不入，我們可不能太掉以輕心，得意忘形了！阿沙拉元首他們可都是魔頭中高手的尖頂級人物，連我也沒有把握敵得過他們呢！」

劉邦哂道：「這世上沒有項大哥你辦不到的事情！想張耳、趙高他們都被你耍弄得團團轉，還有趙高手下的恨天法王、魔尊法王這些在我眼中本認為已是無人能敵的高手，也被大哥你三拳兩腳就解決掉了！嘿，還有什麼人能敵得過項大哥呢？我看沒有了吧！」

項思龍面色一沉道：「人外有人，天外有天，邦弟絕不可以自滿驕傲！在這大千世界中奇人異士可真是太多了，我們得謹慎小心的去應付敵人才是！就像你爭雄天下一樣，陳勝、吳廣他們當年勢力紅極一時，但結果怎麼樣呢？雙雙敗亡！現在又是項家天下得勢，但我們也不要氣餒，三十年河東三十年河西，說不定哪一天你也會出人頭地呢？做人啊，就應該腳踏實地去做事情，既不能得勢時就樂而忘形，也不能失勢時就灰心喪氣。總之呢，我們做任何事情都如平常一般心態就行了！」

劉邦臉上一紅的喏喏道：「小弟受教了，一定會謹記項大哥今天對我所說的這番話！」

項思龍也不想讓劉邦太過難堪，當下轉過話題道：「邦弟，你把我交給你的《太公兵法》和鬼谷子師父的一些兵法機關之類習得怎麼樣了？嗯，還有你師父交給你的《風雲秘笈》以及《司馬兵法》可都得認真的去研究學習，這樣才不枉你師父對你的一番重托！」

劉邦肅容道：「項大哥我知道的！我一定要學好武功和兵法，為我將來打敗項羽作準備！」

項思龍聽得欣慰的點了點頭道：「如此才不虧為大丈夫心胸也！大哥祝你日後事業有成！」

劉邦笑道：「謝謝！」

說著突地望著項思龍放低聲音道：「項大哥，你到底泡了多少個馬子了？一個個都那麼如花似玉的！以後再碰上美人，可不可以留給兄弟我去泡啊？」

項思龍心念一動，也笑道：「好哇！在地冥鬼府就有兩個現成的小美人等著你回去泡呢！當然，泡不泡得上手，那可就全看你的本事羅！唉，大哥這兩年美人投懷送抱的太多了，忙都忙不過來！說真的，女人多了可不是一大幸事，齊人之福並不是那麼好享受的！」

劉邦顯得歡聲雀躍的道：「項大哥是美人太多了才這麼說的，小弟至現今可還只有雉兒一個老婆，泡他兩三個上手也無妨的！」

項思龍不置可否的笑著搖了搖頭，又轉過話題道：「邦弟，我先前跟你所說的周昌、陳平、韓自成等有沒有他們的消息？」

劉邦搖頭又點頭道：「韓自成在張良公的支持下已經當上了新復興的韓國主公，也即韓王成，周昌則在我攻下豐邑時來投靠了我，至於那陳平麼，卻是沒有什麼關於他的消息。」

項思龍「噢」了聲，想起歷史上的記載是陳平先投靠魏王咎，因得不到重用，所以憤離而去投靠了項羽，後又因項羽氣量狹窄，於是又隻身離去投靠了劉邦，那麼依時間推算來看，陳平現在應是在項羽軍中了。

這陳平雖是個奸滑多詐之徒，也與自己有著恩恩怨怨，但說到底他可也是劉邦身邊將來的一個重要謀臣，自己倒也得想方設法讓陳平早日投靠劉邦，對韓信自己也略略交代過他，著他關注一下陳平這個人，只不知韓信會不會遇上陳平？

心下如此想著時，但聽得焚天邪神惶急的聲音來報導：「少主，在我們船隊二里左右之遠處發現了船隻，掛的像是我們西方魔教的旗號，不知是不是陰魔女她們？」

項思龍聞得此言，心神一斂，舉目向大海遠方望去，卻果見有一艘大船正向自己方向迎面馳來，在船頭上站在一隊人馬，前頭的是一個身著一身黑色衣裙長髮飄飄的婦人。

不多時，雙方船隻已是相距不過四五十米之遙，已清晰可見對方船上的人面目了。

那黑衣婦人容貌甚是清麗，只是雙目泛著一股陰邪的冷熬之氣，在她身後還跟著三個面容陰深猙獰的老者，目光都泛泛的投在項思龍身上，似是對他深懷敵意。

項思龍定了定神，仰天打了個哈哈道：「我道是什麼人打著我西方魔教的旗號呢，原來是四大邪神啊！不知你們來西域卻是為著何事呢？」

黑衣婦人冷哼了聲道：「古里木，不要明知故問了，教主和元首得到天風令主的飛鴿傳書，說你意圖叛亂，著我們四大邪神前來調查此事。噢，你擺了這麼大的陣勢出海，是不是有什麼企圖啊？快轉航回轉西域吧！否則我們可就要對你不客氣了！不要以為你是元首師弟，又身為本教總護法，我就不敢動你的嗎？」

項思龍笑道：「在下豈敢在四大邪神面前擺什麼架子呢！不過我現次出海，並不是有什麼企圖，而是準備去南海見元首和教主，向他們稟報有關西域和苗疆的事情的！」

黑衣婦人冷笑道：「不要想用什麼花言巧語來說動我們的了！元首和教主已給我們下了誅殺令，你如果有膽反抗我們的命令，著我們可以格殺勿論，想來古里木你也應該知道我們的個性和手段吧！希望你能合作一點。」

說著時，雙方的船隻已是靠近了。

項思龍心下暗忖，反正要跟四大邪神動手的，不如態度也放強硬些吧！

如此想來，當下語氣也轉冷道：「陰魔女，別人怕你們四大邪神，我古里木可不怕！你說本座意圖叛教，元首下令你們來調查，可有什麼憑據啊？單聽天風那叛賊的一面之詞嗎？

「哼，那你可就不要來動本座了！天風和骷髏魔尊二人勾結笑面書生意圖叛教，他們才是其罪當誅呢！本座此次奉元首和教主之命，北上西域查尋日月天帝出關之事，不想卻給我發現了天風他們的秘密，二人現已被本座誅殺，人頭就在這裡！本座正打算南下向教主和元首稟報此事呢，你們可不要在這裡給本座攪和了！」

黑衣婦人聽得日月天帝之名，臉上神色微微一動，不問天風令主和骷髏魔尊之事，反問起日月天帝之事來道：「不知總護法可查證日月天帝教主是否真的已經出關沒有呢？」

項思龍聽得此話，心下一突，這黑衣婦人為何如此關注日月天帝呢？難道她……心神沒有被阿沙拉完全控制住？如真是這樣，那對自己馴服她們四大邪神可真是大有幫助了！

如此想來，當即心念一轉道：「據本座此次西域之行所探得的情形看來，日月天帝這老傢伙確有沒死的可能，要不笑面書生不可能那麼大膽，竟然公開明目張膽的舉起了叛教大旗！他已經在西域一帶展開了大行動，控制了西域大半個地區，勢力無處不在，並且正準備向苗疆分壇發動進攻，本座因人單勢薄，所以沒有與之發生衝突，以免打草驚蛇，只天風和骷髏魔尊這兩個叛徒已被本座施計誅除。」

黑衣婦人臉色有些激動的喃喃自語道：「好！真是太好了！總算皇天有眼，老教主當真沒有死！也不枉我陰魔女這麼多年來的忍辱吞聲！」

項思龍聽得心下一喜，本想現出自己冒牌的日月天帝身分，但又怕對方有詐，當下面色一變的怒聲道：「陰魔女，你這話是什麼意思？」

黑衣婦人嘿嘿一陣怪笑，目中殺機濃烈的直盯著項思龍，一字一字的道：「什麼意思？你師兄阿沙拉這狗賊恩將仇報，當年趁教主失蹤之時，策動枯木真師和骷髏魔尊這兩個傢伙叛教，毀去了老教主辛辛苦苦創下的不世基業，我們四大邪神見大勢已去，於是虛與委蛇的與阿沙拉他們屈服，並且假裝受他藥力控制和魔咒迷失心神，為的就是等老教主復出江湖的這一天，皇天不負有心人，卻總算被我們等到了。古里木，你就準備著給本邪神受死吧！」

話音剛落，身形已是沖天而起，向項思龍所在船隻射來，她身後三老者接踵而至。

項思龍是半信半疑，裝作怒氣沖天的指著落在身前五六米遠處的黑衣婦人大喝道：「陰魔女，你處心積慮假意投靠元首和教主，心底下原來卻還是效忠著日月天帝這老傢伙的！哼，今天本座卻也要為本教清理門戶了！」

說罷，目光冷冷的望著陰魔女，揮手示意劉邦退開，緩緩解下腰間的長鞭。

陰魔女喋喋一陣怪笑道：「想抵抗？真是不知死活！你古里木的那一點功夫本邪神還沒放在眼裡！放馬過來吧！我今天要提了你的人頭去見老教主，算當作個見面禮！」

項思龍把手中長鞭一抖，嘿嘿笑道：「有本事的話，儘管來取好了！」

這時，焚天邪神、金轎四使和易凡等飛身至了項思龍所在船上，把陰魔女等重重圍住。

陰魔女目光一掃項思龍這邊的陣勢，忽地哈哈大笑道：「總護法果真不是笑面書生他們那邊的內奸！元首和教主為了小心起見，所以著我試探一下總護法的虛實，還望總護法對屬下方才的失禮之外多多擔待一二了！」

項思龍聽得這話，心下暗噓了一口長氣，阿沙拉和枯木真師的狡詐手段自己算是初次見識過了，果是高人一等，幸得自己心存戒備防了他們這一手。

第八章　四大邪神

項思龍心下暗暗想來，臉上神色卻是陰沉沉的冷哼了一聲道：「陰魔女，你到底是在玩什麼花樣啊？本座可不喜歡被人戲要！」

陰魔女向項思龍抱拳施了一禮，恭聲道：「屬下適才對總護法的無禮乃是依元首之意做來的，還望總護法不要見怪！四天前，我們收到天風令主的飛鴿傳書，說總護法有是他人冒充的嫌疑，所以元首著我們四大邪神前往西域來探個究竟，剛巧在此碰到，所以……噢，對了，總護法說真正的叛徒是天風令主和骷髏魔尊他們，不知這個到底是怎麼回事呢？」

項思龍此時已平定下心緒，聞言把早就編好了的一道假話搬了來道：「這事說來可就話長了！本座奉元首和教主之命秘密前往西域，率先遇上了天風與西域風雷堡堡主荊無命有來往，可據我查證，荊無命乃是前燕國太子丹的一名手下，名叫荊軻，此人深懷復國之心，投靠天風乃是想借我魔教勢力助他恢復燕國，而對我魔教並不忠心。此人在見笑面書生勢力紅及西域時，暗中與笑面書生有來往。

「本座探得此情後，心下納悶，於是暗中深入打聽，卻以得知這荊軻兒子荊恨秦原來被天風收作了義子，本座心下疑念大起，於是現出特使身分，誘說他前往南海與搶奪中原前日月神教留下的武庫寶藏，不想他果也一口應承，並且約來了苗疆的副教主骷髏魔尊。

「本座探測得他們的狼子野心後，本想誘他們到南海後交由元首和教主發落，但豈知本座計謀被他們識破，便合力想殺本座滅口，本座被迫無奈之下於是施出了本座最高武功境界，滅情道的紫氣天羅，一舉擊殺了他們。

「此戰使得本座元氣大傷，為防笑面書生趁機向本座發動進擊，於是起航欲上南海向元首和教臣稟報這些情況，誰知卻遇上你們！」

陰魔女聽得目光閃爍不定道：「總護法憑一己之念懷疑天風令主和副教主意

圖叛教，並且殺了他們，這也太武斷了吧！」

項思龍哼了聲道：「在那時我不殺他們，他們就要殺我情況下，本座也只好心狠手辣點了！元首和教主若要怪罪，本座自會頂著，不勞陰邪神關心！嗯，不知陰邪神是否還要迫本座回西域查證呢？若是……」

項思龍的話還沒說完，陰魔女就已截口道：「單憑總護法一面之詞，我們也放心不下，為了謹慎起見，還請總護法配合委屈一下，讓我們點了你和你一眾手下的身上穴道，隨我們一起回南海去見教主和元首，聽從他們發落。」

項思龍聽了暗讚這陰魔女有主見，但臉色卻是一沉道：「點了我們穴道？陰邪神這是把我們當作什麼人了？犯人嗎？哼，本座不會接受你這個請求的！」

陰魔女語氣變冷道：「總護法如不合作，那可也別怪屬下等無禮了！」說著，頓了頓接著又道：「據聞總護法的滅情道天下罕有敵手，連元首的冥王神功也可一敵，今日能得以賜教，可也真是屬下的榮幸呢！不過，為了免傷和氣不傷及無辜，我們就來個公平決鬥，如果總護法能一人力敵我們四大邪神，那我們就任總護法是便。但如總護法不敵我們四人，那可也就請你不要再為難我們了！不知總護法是否同意呢？群鬥對你我雙方可都沒好處呢！」

項思龍心道：「此法正合我意！看來這一著又是阿沙拉傳授給陰魔女來試探自己底細的招數了吧！因為以古里木自私自利的性格，當是絕不會甘願冒險力鬥四大邪神的！不過自己也不必去管那麼多了，趁機降服四大邪神，施法恢復四人神志，實施計畫才是。」

想到這裡，當下遲疑了一陣道：「嘿，元首和教主真是小心得很啊！著陰邪神一而再的試探本座虛實。好吧，本座就按受四大邪神的挑戰，以證明本座身分的真實性。」

說著，嘿嘿笑了笑，接著又道：「不過，此番比武只是印證本座是否是古里木，點到為止即可，不必拚死拚活的，免得弄得雙方都不好下台。陰邪神認為怎麼樣呢？」

陰魔女臉上神色陰暗不定的道：「既然總護法接受了我們的約鬥，你就少囉唆了！準備接招吧！」說著衝其他三大邪神一揮手，四人頓成合圍之勢，把項思龍一行重重圍在中心。

場中氣氛頓時緊張起來，五大高手身上釋發出的森冷勁氣，讓得連焚天邪神這等高手也不禁感覺到一種沉重的壓力。

項思龍默運起十二層功力的道魔神功，同時依得自假扮古里木的大山護法身上的滅情道心法，把功力轉化為紫氣天羅功力。

目光慎謹的望了望圍在身周的四大邪神，對方的功力之高讓得項思龍也是心神高集中，嚴密的注視著四邪神的一舉一動。

陰魔女也是面色冷凝的沉聲道：「總護法果然有驕傲的資本，竟然可以不動聲色的與我們四人聯手的攝神大法相抗！好，就再來讓你領教一下我們四人移形換位吧！」

話音剛落，身形倏地在項思龍身圍疾轉起來，並且越轉越快，幻化出無數的幻影，勁氣盈溢整個旋轉空間，緊緊裹住項思龍。

功力較低的人，在四大邪神此招攻擊之下，不是神竭而亡就是當場昏倒。

但可惜，他們遇上的是項思龍這等千年難得一遇的絕世高手，哈哈大笑聲中，項思龍運用習自孟姜女的音波功原理，把功力凝集於聲波中，四大邪神的攻勢頓然被破解，勁氣被他的聲波擊散，四人身形顯露無遺。

陰魔女見狀臉色更沉，似是有一絲吃驚，又似有一絲詫異，但似乎還有一絲欣喜。

停下身形，陰魔女泛泛的盯著項思龍道：「看來總護法不但功力深厚得驚人，並且武功更是博學多藝了，連當年威震中原的孟姜女的音波神功也會！現在就來讓你見識一下我們四大邪神的壓根絕學無相神功和無相三式吧！」

說著，四人突地全都閉目進入沉思之中，身形左搖右晃如喝醉了酒般的飄忽中圍繞著他們旋轉著，並且由快至慢，最後竟是凝成了一個紅色光圈，釋發出灼目紅光，把四人圍在中心。

項思龍見狀心神一緊，對方這看來似是而非的舉動，卻是在吸納宇宙精氣，凝聚成的是一般不容小視的毀滅性能量。

無相神功確是非同小可，難怪連笑面書生也對四大邪神深懷懼意了！自己可得小心點應付，若是被他們擊成重傷，那自己的滅魔計畫可就全都會成為泡影了！

如此想來，頓即把不死神功提到了十層功力境界，同時緩緩撤出了從未使用過的碧玉斷魂劍，把功力貫注劍身。

神劍在項思龍功力貫注之下，也頓然釋放出耀眼奪目的綠色豪光，與四大邪神身圍發出的灼亮紅光形成相互對抗的兩道奇觀。

項思龍突地感覺碧玉斷魂劍向自己體內傳送過來一股神奇的邪惡力量，讓得他心中殺機狂生，雙目凶光灼灼，全身衣衫漲起，頭髮也在劫氣的吹動下拂拂掀起，猶然如一魔中之王，讓得劉邦和焚天邪神等見了心底都不禁油然而生起一寒意。

劉邦乃是第一次見識項思龍顯示他與自己失散後的武功，心中冷嗖嗖之餘卻又是一陣莫名的緊張和興奮，目光一瞬不瞬的盯著項思龍。

四大邪神因沉入休眠般的狀態之中，對項思龍這邊的變化毫然不知，身形在紅色光圈之中是悠悠的飄搖著，四人的身法與招式似乎都是相輔相承的一種陣法。

「無相神功第一試天行空！」伴隨著光圈中的陰魔女突地一聲大喝，四人身體凝成的紅色光球如旋風的向項思龍疾射擊來，所過之處發出「轟轟」有若奔雷般的氣流撞擊聲。

項思龍展開分身掠影身法，閃避過對方有若排山倒海般的雷霆一擊，但當身形剛定時，對方有若生了眼睛般閃電再次擊至。

這次項思龍已是再也來不及閃避了，慌急之下只得也揮劍施出了天殺三式中的第二式天搖地動，只聽得「噹」的一聲硬物磕擊之聲震徹全場，項思龍手中長劍與對方身體凝成的光圈相擊，竟是飛出一片火花。

哇咔，對方的無相神功竟然能與自己十層功力與碧玉斷魂劍這等神器的全力一擊！

項思龍強忍手腕被震的劇痛，心下駭然的如此想著，可就在這當兒，只聽得「啊！啊！」幾聲慘叫，卻見四大邪神凝成的紅色光圈全然被項思龍一擊擊散，四人口中鮮血急噴而出的身形暴飛躍地，除陰魔女面色煞是蒼白的沒有昏倒過去，也不知是死是活了。

項思龍見了心頭大急，若是四大邪神被自己失手之下給毀了，不說自己利用他們來實施計畫的辦法行不通了，也還因此失去了四個得力助手，這……自己可闖大禍了！

劉邦這時從驚愕中清醒過來，卻是歡呼著奔向項思龍，口中興奮的大喊道：「項大哥好酷啊！一招就解決了這幾個不知死活的傢伙！」

項思龍嘴角浮現一絲苦笑，衝怔愣的焚天邪神和易凡等道：「你們去看看，昏死過去的三大邪神傷勢怎麼樣了，全力搶救他們！」

口中說著，卻也向陰魔女走去，俯身改用日月天帝的聲音，溫和的道：「陰護法，你……還撐得住吧！讓本教主教主來為你運功療傷吧！」

陰魔女聽得這話，目中卻是突地落下淚來，聲音脆弱而又激動的喃喃道：「教……教主？你……真的是老教主？這……不是在做夢吧？」

項思龍聽得心下訝然，不解對方怎麼神智似是很清醒，一點也沒受阿沙拉控制的樣子。

心中雖是納悶，但口中卻還微笑道：「這不是夢！魔女，我是西方魔教的第一任教主日月天帝！我沒有死，重出江湖了！」

陰魔女突地也不知從哪裡湧生出強大的力氣，撲入項思龍懷中一把緊摟住他的虎腰，哭泣道：「教主，真的是你！真的是你！我沒有做夢！這太好了！從今以後我再也不與你分開了！」

項思龍對陰魔女與自己的親熱大感尷尬，但也可猜知這陰魔女當年對日月天帝定然大有情意，只是日月天帝卻與鬼影修羅師妹百合仙子相戀了，陰魔女也便成了個單相思的失意女人。

如此想來，對陰魔女的遭遇心下也不禁大起憐意，要知道項思龍與他父親項少龍一樣，在女人面前可是個大情聖啊！

伸手輕扶著陰魔女一頭還是保養完美的秀髮，慨然道：「不會了！我們今後不會再分開了！魔女，你不要多說話了，還是讓我為你運功療傷吧！」

說著扳正陰魔女嬌軀，運功出掌在她身上一陣猛拍，震出她體內的淤血後，再把雙掌抵在她背後的中樞穴上，把功力緩緩輸入陰魔女體內，行功四個周天後，才長長吞納了一口氣，收掌自行調息起來。

過得半個時辰之後，項思龍緩緩睜開了雙目，只覺氣定神閑，精神充沛非常，功力比之先前是有增無減，大概是每一次大耗功力後體內蘊藏的萬年寒冰床被激發出了的緣故吧！

突地發覺陰魔女一雙秀目正癡癡情濃的望著自己，項思龍禁不住心頭一陣燥動，臉上微微一紅，對著陰魔女笑道：「你運功完畢了！嗯，傷勢怎麼樣？有沒有什麼大礙呢？」

項思龍的話驚醒了沉癡中的陰魔女，陰魔女還是風華絕代的俏臉也禁不住浮起兩片紅雲，低垂嬌首，甜甜一笑道：「虧得教主及時出手相救，才把我從死亡邊緣拉了回來！嗯，教主的功力比之以前似是大有進展呢！阿沙拉和枯木真師這兩個叛徒應不是教主敵手了！」

項思龍真不知怎麼出口詢問陰魔女有關阿沙拉元首和枯木真師的事，聞言接口道：「阿沙拉和枯木真師最近情況怎麼樣？他們都在忙些什麼呢？還有，魔女你們不是被阿沙拉用藥物和魔咒封鎖住了你們的神智，受他控制了的嗎？怎麼……你卻像是沒什麼事似的？」

陰魔女恨聲而又自豪的道：「阿沙拉這千刀殺的傢伙，為了使我們四大邪神為他所用，對我們四大邪神施盡了天下的威逼利誘手段，但我們四人都沒受他所制，阿沙拉惱羞成怒之下，本想殺了我們，可古里木突地向他進言說，他有辦法控制我們，也不知他從哪裡得來了一本毒經，煉製了內中介紹的攝魂丹和奪魄丸給我們服食，同時對我們施以魔咒駕馭我們的精神意念。

「那毒丹毒丸功效的確甚是霸道，我們服食後全身如受煉獄之苦，愈是運功與之相抗，痛苦就愈大，再加上魔咒對我們心神的影響，使我們倒也真著了他們的道兒。

「屬下臨急生智之下，把教主授與我們的無相神功創出一套無相連體大法，凝轉我們四人中的意念於空氣之中，而讓自身的肉身成為一具只有生命的軀殼。

這一招真也成功，我們的肉身生命雖受了阿沙拉控制，但是思想卻沒有，只要我們把思想意念回歸肉身時，不運功發力，我們仍然是清醒的，不受阿沙拉控制。這也就是說阿沙拉只是把我們的武功給廢了，而並不能完全控制我們。」

說著，頓了頓又道：「阿沙拉和枯木真師此次率領了教中所有精英傾巢而出，野心勃勃的意圖趁中原內亂、四處人心不團結的時間侵犯中原，成為中原霸主。他們已經到了我們南沙群島，兵力總共有六萬左右，高手行列也有五六千人，個個均可獨當一面。

「並且他們正在緊密聯絡安伏在中原的各方勢力，除西域和苗疆兩處分壇外，還有秦都咸陽，他們的勢力也挺不小，連秦王朝中的實權人物趙高也是他們的人。

「但教主出世的消息，卻讓得阿沙拉和枯木真師惶惶不安了，雖不知這消息是真是假，但他們為防萬一，卻還是決定先發掘南沙群島中隱埋的前古中原日月神教的秘密武庫。據聞此武庫中不但有中原武學的前古精華武功，並且還有日月神教歷任教主死後遺下的舍利子凝煉成的一顆元神金丹，當年日月神教在狂笑天手下敗亡，其主要原因就是狂笑天沒能找到他們教中先祖遺下的武庫，沒有服食元神金丹。聽說那元神金丹有神奇功效，服食之後就可以使功力狂增，擁有日月神教歷代教主功力的精華，從而天下無敵。

「阿沙拉或許是從教中總壇得自了一張有關武庫秘密記載的地圖，所以現正在全力尋找發掘武庫，可又聽說武庫之門非要碧玉斷魂劍中的所藏秘密才能開啟，即便阿沙拉他們找到了武庫，可開啟發掘它也不是一朝一夕之功吧！

「得天風令主飛鴿傳書說古里木有日月天帝教主裝扮的嫌疑後，阿沙拉惶恐焦急之下，於是派了我們四大邪神來查證虛實，如正有此事，命我們必拚了一命也要殺死教主。我們得令，心下又驚又喜，欣然前往西域，不想中途卻遇上了教主，幾經查探之下，我們看不出什麼破綻，於是斷定古里木無疑，但我們與他的種種怨仇湧上心頭，便決定借機殺了古里木，以發洩一下心中的苦楚與憤恨，誰知……不想古里木正是教主所裝扮的！

「教主的易容術和變聲術和模仿術可真是出神入化，連屬下等都看不出什麼毛病來！噢，方才對教主的冒犯之處還望教主見罪，原諒屬下等的不是！」

說完，屈膝跪地向項思龍拜了下去。

其他三大邪神此時也經梵天邪神等運功療傷清醒了過來，陰魔女與項思龍的一番對話他們也聽入耳中，也齊都下拜向項思龍請罪。

項思龍見如此輕鬆就收降了四大邪神，心下大是愉悅，伸手扶起四人道：「不知者不罪，你們都起來吧！嘿，說來本教主因疑慮你們，方才出手過重傷了你們，才應表歉意！」

言罷，舉手抱拳向四人拂了拂，接著又吩咐下去大擺酒席為與四大邪神的「重逢」慶祝。

一行人席地而坐，把酒言歡。

項思龍在焚天邪神的配合下，娓娓道出了自己的真實身分，和自己與日月天帝的關係。

四大邪神聽後都怔怔的望著項思龍，臉上的悲苦神色溢於言表，尤其是陰魔女秀目淚珠更是滾滾而下，一副楚楚憐人之態。

項思龍歎了口氣道：「老教主仙去已是無法挽回的事實了，還請幾位節哀順便，化悲痛為力量，摧毀阿沙拉和枯木真師他們一眾叛徒，重振西方魔教，這樣教主九泉之下也會瞑目了！」

焚天邪神語氣略帶悲傷的接口道：「其實我們的新教主神功天下無敵，既是老教主的嫡傳弟子和臨終托負人，又融合了老教主的元神於一身，所以他本身也就是我們老教主的化身，也即日月天帝教主以另一種形式還活在我們身邊，大家也不必太為難過的了，而應該振作起來緊緊的跟隨新教主，重振我西方魔教！」

陰魔女這時情意款款的瞟了項思龍一眼，也展顏淒然一笑道：「不錯！項少俠才智武功均不下於日月天帝教主，又正值年青的黃金時期，我們西方魔教有他領導，定會前途無量的！」

項思龍聽了這話，本想說出自己志不在此的話來，但又怕挫傷了陰魔女等的積極性，當下話到嘴邊又給咽了下去，心下忖道：「待了結了阿沙拉他們再說吧！也不知笑面書生這傢伙適不適合當西方魔教教主！要是自己一個不小心，走了眼，那就又為中原的將來留下無窮隱患了！唉，要完美的解決這西方魔教的事情，可也真是教人頭痛得很呢！」

如此想來，當下轉過話題把自己等此番進發南海滅魔的行動計畫說了一遍，接著又道：「此次計畫把船上的黑油搬上海島埋藏最為重要，所以們一定要通過配合騙取阿沙拉他們的信任，本教主相信你們會有辦法把黑油運上海島藏匿的。本座屆時會以日月天帝的身分出現，勸降島上還有悔改之心，對我魔教仍是忠心不二的教徒的！」

陰魔女沉吟了片刻道：「騙瞞住阿沙拉他們暫時信任，屬下認為應是沒有問題，因為連屬下等對老教主如此熟悉也自信閱力不差的幾人，也絲毫沒看出教主的什麼破綻，阿沙拉和枯木真師任他怎麼狡猾，一時之間也定看不出來什麼，即便心下產生懷疑，可有屬下這四個被阿沙拉完全控制的人為教主辯說，也應可獲取他們信任過了他們這一關！只是……這麼多黑油全部運至島上不被人發現，卻是甚為困難，不過屬下等會想辦法盡力而為的！」

項思龍點了點頭道：「魔女你的顧忌不錯，但是阿沙拉他們現在全力關注在武庫的秘密，讓所有貪心的人把注意力都投注到武庫去，這樣我們就有把握運送黑油至島上了！必要時……我會現出碧玉斷魂劍開啟寶庫，讓他們去搶寶，反正他們也沒福消受，不會遺禍江湖！再加上我現出日月天帝身分製造混亂，我們的計畫應可成功！笑面書生他們也會來接應我們！待我們人馬一撤離海島，就可施行火攻了，這幾船黑油已完全可把整個南沙群島炸毀了。就是有漏網之魚，海面上潑到的黑油燃燒和我們的把守這兩關也應沒人逃得過！」

陰魔女聽得既是興奮又是沉重的道：「此計妙是甚妙，只不過教主以身涉險，這……太讓屬下等放心不下了！」

項思龍微微一笑道：「本座的武功難道還敵不過阿沙拉或枯木真師嗎？再說，敵不過他們，要溜應不是一件困難的事吧！」

陰魔女尷尬道：「教主神功無敵，當然不會把阿沙拉他們放在心上了！只是……島上機關重重，俗話說：『明槍易躲，暗箭難防。』所以……」

項思龍笑了笑截口道：「好了，不要說了！我知道你對我的關心！謝了！」

陰魔女聽得赧然垂手，一臉又紅又羞的欣喜女兒之態，看得項思龍心下一陣怦然。

這陰魔女看來定練過什麼媚功，要不然怎麼舉手投足之間都讓自己……這不會是自己太過好色的緣故吧！

心下如此怪怪想著，劉邦這時附到他耳邊低聲戲笑道：「項大哥，你桃花運又來了！」

項思龍見劉邦打趣自己，心念一動的回敬道：「你不是叫大哥我以後再遇上女人留給你去泡嗎？這陰魔女年紀雖是大了點，但還花容月貌，風韻猶存是個尤物，大哥就留給你了！要不要我為你們撮合呢？」

劉邦譁然咋舌道：「不用了！謝謝項大哥好意，這等冷面辣婆我可惹不起，大哥還是自個慢慢享用好了！她對你可也是大有情意噢！」

陰魔女見項劉二人目光時時瞟落在自己身上，知他們在說自己，心下緊張興奮非常，雖是側目細聽，可卻什麼也聽不清，心下一氣脫口而出道：「教主劉兄弟在說些什麼嗎？那麼開心？何不說出來讓大家共同樂樂呢？」

劉邦聽了大叫道：「好哇！這可是你自己說的！我方才在對項大哥說，夫人美若天仙，又對他大有情意，叫他索性納夫人為妾好了！」

項思龍和陰魔女聽了這話同是大為羞窘，前者是在責劉邦胡亂取鬧，後者卻是私心竊喜。

焚天邪神這時也想輕鬆一下，當下笑問劉邦道：「那麼你們二人商議結果如何呢？」

陰魔女聞言即忙傾耳望向劉邦，一臉期待之色，連羞澀之意也給忘卻了。

項思龍則是心下大急，怕劉邦又再亂說，弄得弄假成真那可就有得麻煩了，當下暗下用勁狠掐劉邦的大腿，示意他不要胡說。

劉邦咧嘴忍痛，朝陰魔女嘿嘿一笑後，又轉望向焚天邪神道：「當然是商談成功了！項大哥說陰邪神那等成熟貌美的婦人最解男女風情了，乃是男人閨房之樂的極品，只不知人家是否有意於他，可又不好意思開口向陰邪神表達情意，著小弟我來作個媒人牽線搭轎，我也是粗男人一個，對此道甚是不懂，也苦惱不知怎麼幫項大哥圓滿此桃花運呢！哎喲，項大哥他被我說害羞，著我不要再說了！」

陰魔女聽了劉邦這番話喜上眉梢，秀目春情無限的連望了項思龍幾眼，低聲嬌語道：「劉兄弟取笑奴家了！像妾身這等人老珠黃的老婦人，教主又怎看得上眼呢？只怕是妾身無法侍侯教主，否則願為教主為奴為婢。」

陰魔女這話無意是大膽的坦白表明了自己對項思龍的愛慕之心了，項思龍聽得心頭大焦大急，暗忖再鬧下去可就不得了了，當下忙附至到劉邦耳邊沉聲道：「邦弟，不要再胡鬧了！」

劉邦卻是裝作大喜的「哇咔」一聲大叫了起來道：「項大哥方才跟我說他對陰邪神也是一見傾心，希望能趁此機會與陰邪神結為連理之好！」

其他三邪神和焚天邪神等聽了拍掌叫好道：「我們作證！來！來為教主和陰邪神的天作之合，乾它一杯以示慶賀！」

陰魔女聽得羞喜無限的，竟也真舉杯與焚天邪神等舉杯相碰而飲，同時羞澀的低聲道：「謝謝諸位的一片誠敬之意！」

項思龍見被劉邦鬧得如此局面，左也不是右也不是。同意吧，這……自己實在是連想也沒想過這碼事，再說自己已經是妻妾成群，讓自己傷透腦筋了，現在又加一個陰魔女，接踵而來的煩惱將來不知道會有多難收拾；不同意吧，可又會傷了陰魔女的自尊心，弄不好會對自己等此行的計畫大有影響。

正如此左右為難的苦惱怔怔想著時，劉邦的聲音突地在耳邊響起道：「項大哥，大家都在為你們夫婦敬酒呢！你快喝啊！」

項思龍聽得斂回心神，當下也顧不得再想那麼多了，為了大局著想，還是暫且將錯就錯穩住人心吧！

日後再來處理這事情！

嗯，還要找劉邦這小子算帳。

想著時也訕訕笑著舉杯一飲而盡。

劉邦這時又對項思龍低聲道：「項大哥，我幫了你這麼大的忙，你可是打算怎麼謝我啊？」

項思龍聽得又好氣又好笑的暗下狠戳了劉邦大腿一下道：「怎麼謝你？就這樣的啦！」

船隊一路風平浪靜的行駛了三天多時間，這日中午，陰魔女突地收到了一封阿沙拉的飛鴿傳書，頓忙連看也來不及看的就急跑向項思龍所在船艙廂房，推門急惶道：「思龍，我收到了阿沙拉的飛鴿傳書！不知又發生什麼變故了？」

項思龍正翻閱鬼影修羅送交給自己的得自古里木身上的幾本秘笈，聞言臉色變道：「書信呢？快拿來看看！」

陰魔女遞過手上的帛布，項思龍接過急忙打開閱看起來，臉上神色大是舒緩的道：「我道是什麼大事發生了呢？信中原來是說他已得知古里木不是冒牌貨，著你們四大邪神不要開罪，而要好生迎接他們回南沙群島。這看來定是笑面書生的傑作了！這傢伙可還真有兩手！」

陰魔女臉色也平定了些，但語氣還沉重的道：「這會不會有詐呢？按理阿沙拉也應知曉我們早就碰面了，他的飛鴿傳書這麼遲，如我們雙方發生爭鬥的話，這也已是亡羊補牢已晚之舉，阿沙拉不會如此沒腦筋的吧！」

項思龍聽得面色也是一沉的道：「有道理！但阿沙拉的這封飛鴿傳書到底有什麼意圖呢？」

陰魔女皺眉道：「會不會是阿沙拉已得知了西域發生情況，知曉了我們的計畫，所以將計就計引思龍去南沙群島，從而奪取你身上的碧玉斷魂劍，開啟日月神教留下的武庫呢？」

項思龍沉吟道：「知曉我身分和知曉古里木是我冒充的人並不多，知曉我們計畫的人更不多，如你猜測有可能的話，那麼會是誰出賣我呢？笑面書生？這……應該不會！他沒理由出賣我的！如真被阿沙拉開啟了武庫，得到了元神金丹，第一個遭殃的就是他！更何況他也知我不是那麼好對付之輩，他也似有了真切的悔改之意！就算他嫉我妒我，也大可待消滅了阿沙拉他們等心腹大患，再利用脅持人質逼我就範啊！所以笑面書生出賣我的可能基本可以排除掉！他應是只會助我而不會害我！至於其他人呢，我想不出有什麼人會出賣我的了！」

陰魔女遲疑道：「這……這飛鴿傳書到底是真是假，是凶是吉呢？」

項思龍冷哼了一聲道：「管他是不是阿沙拉在耍花招呢！我項思龍會怕了他不成？就兵來將擋水來土掩，我們小心些隨機應變就是！」

說到這裡，接著又道：「我們去通知梵天邪神他們，大家商議一下！」

陰魔女卻是一動不動的癡癡望著項思龍，突地撲進他的懷抱，喃喃道：「項郎，你真是個大將之才，臨危不亂，像極了日月天帝教主！」

說完湊上熱唇向項思龍吻去。

項思龍極力控制自己的情緒，他也不知怎的，一見著陰魔女的嬌媚之態就禁不住情緒高漲。與陰魔女略略纏綿了一番後，項思龍邊推陰魔女邊道：「魔女，今後恩愛的機會多得是，我們還是出去與大家商議此事吧！」

陰魔女卻是嚶嚀一聲，反把項思龍摟得更緊，親吻的動作也更加劇烈，堅挺的酥胸急劇起伏著，嬌軀如水蛇般在項思龍懷中扭動。

第九章　計畫得逞

項思龍在陰魔女的糾纏下也是禁不住慾念大起，一雙怪手也伸入她衣裙內大肆「進攻」起來，摸著那柔軟光滑而又富有彈性的嬌軀，慾念更是暴漲。

項思龍自己也弄不明白，自己為何對這魔女如此感興趣。

難道單單是為了籠絡陰魔女為己所用，以對付阿沙拉元首他們？

這……似乎並不盡然！陰魔女似乎對自己有著一種非常強然的新鮮吸引力，讓自己一見到她就禁不住會產生慾念。

是自己太過好色，還是……還是陰魔女施展了什麼媚功在引誘自己呢？

想到這裡，項思龍暗一咬牙，心神一斂，推開陰魔女滿是誘惑的魔鬼身軀，口中粗氣喘喘的道：「魔女，我們還是不要誤了正事吧！」

陰魔女已被項思龍的怪手給觸起情欲，眉目如絲，呻吟喘喘，一臉春情，嬌軀乏力的又重新投入項思龍懷中，雙手一把緊摟住他的虎腰，口中呻吟道：「思龍，我要啊！快！快！快！我受不住了！」

陰魔女的浪叫蕩態，激得項思龍慾念更熾，慾潮如長江大河般激發出來。雙手緊摟住陰魔女，狂吻如雨點般落在她的耳垂、粉頸、髮絲、臉蛋、眼睛和小口上。邊吻邊用牙齒去解陰魔女的衣裙，只激得陰魔女浪叫更歡。

不大一會陰魔女身上的衣物已被悉數褪去，一具晶瑩通透，凹凸玲瓏的軀體完全展現在項思龍眼前，項思龍猶如一頭色中餓狼般張口就向那堅秀挺拔的雙乳親去，忘我的吮吸起來。

陰魔女全身如觸電般的劇震了一下，她自日月天帝失蹤以後，就從來也沒有被任何男人碰過了，經隔這麼多年，這刻在項思龍高明的挑情手段催發下，只覺整個身體都飄飄然然的如墜雲霧之中。

一個男人若要徹底征服一個女人，就要首先滿足她的性慾，讓她感覺到你是一個真正的男人，再也離不開你。

二人這一戰差不多有兩個來時辰，直累得雙方均是滿身汗水。

陰魔女躺在項思龍的臂彎中，一臉滿足之色，腰身上滾動著汗珠。胸部也急劇起伏著，雙手在項思龍身上撫摸著，嬌聲道：「項郎，你是不是奇怪為何我對你有著一種莫名其妙的吸引力？這事說白了也沒什麼的，當年我因得不到日月天帝教主，所以在他身上暗下了一種無色無味的相思樹的毒，要讓老教主心裡永遠的想著我，以獲得一種精神上的慰籍。你體內因融合了日月天帝教主的元神，所以……項郎，你不會怪我勾引你吧？」

項思龍心下也正猜度著陰魔女為何對自己有這麼大的吸引力的原因呢，聞得此言頓然釋然，心下疑慮盡去，親了一下陰魔女紅潮未去的嬌面溫和的道：「怎麼會怪你呢？像你這麼溫柔體貼的女人乃是男人夢寐以求的閨房極品呢！真不知日月天帝這老怪物怎麼會捨得放棄你？也好，現在便宜我了！」

項思龍這幾句話差點又引出一場床上大戰，陰魔女湊到他耳際，吐氣如蘭的道：「項郎，我……我又想要！給我吧！」

項思龍嚇得趕忙坐了起來，伸手抓過衣褲，邊穿邊道：「哎呀，誤事了！快去與焚天邪神他們商討分析阿沙拉飛鴿傳書的事！」

陰魔女一臉不依的嬌哼一聲，伏在項思龍懷中，低聲道：「我不嘛！再來一次！費不了多長時間的！好不好？再來一次！」

項思龍從床上跳了起來，擺了擺手道：「好！好！下次！下次再來陪你玩個痛快！西方魔教一天不除，我就一天寢食難安！還是以大事為重吧！日後我們恩愛的日子還長著呢！不要說一次，百次千次也沒問題！」

陰魔女再好事再也難成，當下只得也壓了慾念，慢吞吞的穿好了衣裙，整理了一下儀容，才隨項思龍出了船艙。

卻見劉邦和焚天邪神、易凡等幾人正都在甲板上來回不安的踱著方步。

見得項思龍和陰魔女二人出來，焚天邪神橫瞪了後者一眼，跨步走向項思龍，遞過一張帛布道：「笑面書生軍師傳來飛鴿傳書了，說他已施計讓得阿沙拉他們不再懷疑是少主身分，並且已安排好了一切行動計畫，只等我們登島，把黑油運上去，就可以狼煙為號，向阿沙拉他們發動全面攻擊！」

項思龍聽得擊掌叫好道：「果然不出我所料，是笑面書生搞的鬼！」

焚天邪神聽得不解道：「少主，你原來早預知這事了！」

項思龍笑著遞過陰魔女收到的阿沙拉的飛鴿傳書給焚天邪神道：「我還真擔

心著是不是阿沙拉在耍什麼詭計呢！現在證實不是了，我們就馬上全力向南沙群島進發！這裡已是南海水域，今晚我們應可趕到！夜間上島更好，可以掩過我們船上黑油，也方便我們搬運！」

陰魔女這時詫異道：「教主怎會知道已進入南海水域了呢？這裡大海茫茫，難道教主以前曾來過南海？」

項思龍不置可否的笑了笑，中國地圖乃至世界地圖他在現代時可都已是記得滾瓜爛熟了，南沙群島他在部隊時也曾在這裡實戰演習過，自是熟悉得很了！但這其中的緣由他卻是不能說出的，當下隨口道：「沒來過！不過按行程時間推測出來的吧！嗯，我們還需多長時間到達南沙群島？」

陰魔女「噢」了一聲答道：「大概再過四五個時辰應可到了吧！那時正是夜半時分，人的警覺性最是鬆懈，我們正好趁機搬黑油上島！」

項思龍「嗯」了聲，意氣風發的道：「好！全力進發南沙群島！」

船隊終於逼近南沙群島了，遙遙可望前方二三海浬遠處燈火一片，間雜有人聲隱隱傳來，項思龍著焚天邪神和陰魔女吩咐下去，叫眾人一切小心謹慎，不可洩露了身分，心下卻也禁不住竟是有著一絲的緊張興奮感覺。

讓自己為之擔心許久的西方魔教終於可以徹底殲滅了！

滅了魔教，處理好笑面書生和地冥鬼府，自己則可以靜下來，自此全力去助劉邦打天下了！待劉邦一統天下後，自己則是終可功成身退了！

想到父親項少龍生死下落不明，想到自己和劉邦要面對的最大敵人是父親項少龍和父親義子項羽，項思龍心下就禁不住一陣黯然神傷。

自己真狠得下心來去殺父親和父親的朋友親人嗎？

吳中十日的那段時間，自己與父親他們相處得是多麼快樂啊！

為何世上就沒有完美的事情呢？老天為何要如此殘酷的對待自己等呢？劉邦是自己同父異母的親兄弟，是中國未來的漢高祖，自己於情於理都不可以不幫助！可自己兩兄弟面對的敵人是父親和父親義子項羽啊！

項思龍心下一陣刺痛，這時突聽得有人衝著己方高喊喝道：「來者何人？報上名來！」

項思龍聞聲望去，卻見原來是魔教船隻在查尋阻道。

斂回心神，項思龍語氣冷冷的道：「連本座也不識了嗎？是不是活膩了？」

對方聞聲，頓忙語氣一轉的顫聲道：「原來是總護法大駕來臨！屬下烏干達巡使奉教主和元首之命在此恭迎總護法多時！教主和元首命屬下一接到總護法和陰邪神等，請你們即刻去見他們！」

借著火光，項思龍已是清晰可見說話人面目，約五十許間，一臉奸邪氣，臉上媚笑著正望著自己，冷哼一聲道：「知道了！快閃道，讓本座船隊靠岸！」

說著施展「天魔眼」讓對方聽命行事，因為項思龍不想拖延時間，讓阿沙拉和枯木真師知道自己等已來到，若是被他們命令把船停在此地，那可就大是不妙了，所以不若來個先下手為強，反正自己此次是來滅魔的，不必躲躲閃閃個什麼的，只要把黑油運上各島，就大功告成。

「天魔眼」果是厲害無匹，那烏干達巡使被項思龍目中異力的侵入，頓然應道：「是！是！」

說著又忙指揮船隊散開一條道來，讓項思龍等通過。

陰魔女低聲問項思龍：「教……總護法，我們這般會不會引起阿沙拉他們的懷疑啊？若是被他們看出破綻，那可就盡然無功了！」

項思龍沉聲道：「放心吧！以古里木的專橫個性，此舉應是入情入理之舉，應該不會引起他們懷疑的！更何況有了笑面書生使了一招，讓他相信了古里木不會是他人冒充的，待會再加上你們四大邪神為我作證，阿沙拉和枯木真師即使氣惱古里木強行闖關，也不會把我怎樣的！要知道此際正是他的用人之際，他們只會籠絡我而不會責罰我！真古里木當不會看不出這等局面而趁機耍一下威風以增強他在教徒心目中份量的！」

說到這裡，頓了頓，似想到了什麼似的接著又道：「著人看好愛死你和沒人騎這兩個洋妞，以免被她們掏出什麼亂子來！」

陰魔女點頭應「是」，轉身退下。

不多一會，船隊終於靠岸，項思龍著焚天邪神和易凡等守在船上，不准任何人上船搜查，同時著他們聽自己暗號待機把黑油搬上島去藏埋好，自己則領了四大邪神、金轎四使和劉邦一行上了島去。

依陰魔女指點，剛行得不遠，突見得一排宮燈在前現出，同時有人高喊道：「元首，教主駕到！所有教徒全部跪地拜見！」陰魔女等聞言身軀一顫，依言跪地下拜，項思龍則是嘿嘿一陣怪笑道：「勞駕元首和教主來接見屬下，屬下可真是愧不敢當呢！」

執宮燈的教徒到得項思龍等身前不遠處時分兩隊而列，兩座豪華金轎赫然落入項思龍眼中，其中一項金轎發出重重的一聲冷哼聲道：「總護法看來膽子是越來越大了呢！竟然膽敢殺了副教主和天風令主他們，又膽敢私闖船閘，見了本元首和教主又不行禮，是不是有什麼人在背後為你撐腰啊？」

項思龍好整以暇的道：「師兄幹嘛生這麼大的火呢？現在我們正面臨強敵，日月天帝這老怪物重出江湖，笑面書生這傢伙公然作反，西域和苗疆已失陷，可不是我們起內哄的時候！至於屬下殺副教主和天風令主呢，這其中原委待會我自會給師兄一個交代；私闖船閘麼，因為屬下有急事要稟見師兄，撐腰的人呢自然也有，那就是師兄你了，要不師弟我也不會有今天的榮華富貴了！」

金轎中發聲斥責項思龍的那人聞言冷笑了一聲道：「想不到你還沒忘記我是你師兄！對了，你們怎麼這麼快就轉回來了！西域那邊的情況很糟嗎？」

項思龍早就防了對方有此一問，心下也早就擬定好了答案，當下不慌不忙的答道：「這個就說來話長了！西域那邊的情況的確很是糟糕！日月天帝一出江湖，笑面書生馬上回應叛教，不想天風令主早就與笑面書生密謀叛教，因他心中不服師兄和教主把他調往西域監視笑面書生，副教主則也在天風令主的唆使之下和笑面書生的誘惑之下，以及日月天帝的威脅之下與他們同流合污了，屬下之所以能探得他們的秘密，乃是因天風向來對我有怨仇，待我到了西域，他仗著勢大，迫不急待想報復我，才讓我發現了馬腳。

「我心懷憤怒與戒備之下，於是虛與委蛇的與他們周旋！誘說師兄和教主正在南沙群島開啟前日月神教留下的武庫，想引誘他們來島交由師兄處置，他們果也在私心下沒有把此事稟報笑面書生，準備與我一起來島，可不想在起程前不知何故被他們知曉我知悉了他們意圖叛教的秘密，於是想合力殺我滅口，幸得我平時勤練武功，練成了滅情道的最高境界紫氣天羅，反把他們擊殺。

「這一戰讓我身受重傷，為防笑面書生他們趁機向我發動反擊。於是當機立斷起航來島向師兄和教主稟報這些情況，途中遇上了四大邪神，被他們不由分說的制住了，我心下正氣憤難當時，剛好師兄的飛鴿傳書為我辯護，澄清了我的身分，才恢復了自由。不過，心下卻還是氣憤難平呢！對了，師兄為何懷疑我身分的真實性呢？」

項思龍說這番話時，兩金轎中的主人都已下得了轎來，一個身體瘦長如竹竿，長髮散披，臉上肌肉擰成一捆，活像個木乃伊，想來就是枯木真師了。

另一個身體魁梧，銀髮飄飄，滿面紅光，身著一身銀灰色披風，顯得甚是精神威武，面目也慈祥，給人一種親近感覺，想來就是阿沙拉元首了。

此二人雙目都精光閃閃，陰森可怖，讓人望去心底不自覺的會生起一股寒意，感覺自己的心魄都被攝了去，一見就可知是兩個邪派高手。

灰衣老者冷冷的望了項思龍一眼，似欲把他著穿，盯了好一陣，才緩緩道：「師弟武功可真是深藏不露呢！練成了紫氣天羅連我也不知道！一舉擊殺天風和骷髏魔尊，就是師兄我也恐怕難以做到，師弟這下可大是風光了！」

項思龍嘿嘿笑道：「一切全都仗師兄的提拔支持！若不是師兄讓我得以參修總壇密室武庫的武學寶典，師弟我也不會有今天的成就！」

灰衣老者輕哼了聲，轉過話題道：「不知師弟對於對付日月天帝和笑面書生他們又有幾成把握呢？你見過他們的武功嗎？」

項思龍面露懼色和得色，沉吟道：「對付笑面書生我有八成把握的自信！但對付日月天帝麼，這……我恐怕就不是他十招之敵了！他們的武功我雖沒親眼見過，但日月天帝此次重出江湖，培訓出了一個叫項思龍的小子，此子武功高深莫測，據聞連趙高少主也不是其人一招之敵，地冥鬼府鬼王西門無敵也被他殺死，還有就是據聞鬼影修羅也被此子收伏，由此可見，此子武功已是高至何種境地，日月天帝是更不必說了！」

此時瘦長老者臉上禁不住動容的也插口道：「項思龍？真有這麼厲害？連與日月天帝齊名的鬼影修羅也敗在他手上？那日月天帝豈不已是練成魔界最高神功不死神功了？這……元首，我們該怎麼辦呢？」

灰衣老者面色也是沉沉的道：「他們已控制了西域和苗疆，看來不日就會來攻南沙群島了！目下我們已是連撤退回國也沒有機會了，要不我們還可憑國內機關陣勢與之抗衡自保！這……看來我們眼下唯一可行之計，就是發掘出島上的武庫，得到元神金丹，才可與日月天帝他們一較長短了！」

瘦長老者皺眉道：「可是我們雖已找到了武庫，但沒有碧玉斷魂劍開啟仍是徒勞啊！元首，我們得想個萬全之策才是！」

灰色老者沉吟了一陣，冷哼了一聲道：「就算日月天帝已練成了魔門最高神功，但我們也無需懼他！我島上高手如雲不說，還有前印度烏里木蘭教教主巴達漢的師弟洪遠法師助陣，當年巴達漢乃是死在日月天帝手上，此次我們請他出山，為防的就是日月天帝重出江湖。

「洪遠法師自師兄巴達漢被日月天帝殺死後，就苦練法術，一身瑜珈神功已至化境，為的就是殺日月天帝為師兄報仇，有他對付日月天帝再加上我們相助，應該是沒有問題的！

「只要殺了日月天帝，其他的人又何足懼哉！島上我們已佈滿了機關毒障，海水裡又有數十頭食人鯨相輔，並且有無色無味的海棠花毒……嘿，我就怕他日月天帝不來，來了就正好除去這個心腹大患，那時整個的天下可就全部都是我們的了！

「嘿嘿，中原這近幾百年來的頂尖級高手道魔尊者、天魔尊者、冰魄夫人、天機老人等一眾人都被我們煉製成了枯木死屍，此次正好也大可派上用場，看看效果如何？」

項思龍聽得心下一緊，想不到這些中原高手的屍體都被他們利用來……自己可真是低估了阿沙拉他們的實力了！此番南海之行看來並不如想像中的那般容易，自己可得小心應付著是了！不過，看阿沙拉把這些秘密都信口對自己說了，看來他倒真是相信了自己就是古里木，可得好好利用這點！

把幾船黑油都搬上了島來，看燒不燒得死你們！

管他手段殘忍不殘忍呢！事態嚴峻，不能逞婦人之仁了！

海裡有受阿沙拉他們控制的數十頭食人巨鯨，可得設法通知笑面書生他們，要不己方可能就會有全軍覆沒的危險！

茫茫大海，如船隻被食人鯨撞毀，那其後的慘景可想而知。

項思龍想著，禁不住汗流浹背了，但臉上還是不動聲色，裝作鬆了口氣道：「原來師兄和教主早就安排好一切了，害得我還擔心不已呢！」

灰色老者淡笑了聲道：「師弟此番帶來的消息也十分重要，讓我們知道了對方不止一個日月天帝，還有一個項思龍和一個鬼影修羅兩個難纏高手。同時也去掉了教中的兩個叛徒，功勞不謂不小！師兄之所以著陰魔女他們來試探你的底細，也乃是為了小心起見，以防敵人使詐！

「此次如若平定了日月天帝他們一眾賊子，師兄準備退隱參修武功，元首之位也就傳與師弟你了！希望你多為本教出力，再立新功！對了，師弟此次西域之行可有什麼豔遇收穫沒有？是不是把美人藏在船上怕師兄搶嗎？」

項思龍聽得心下一緊，怕對方欲上船視查，頓忙以進為退的笑道：「這次被日月天帝都嚇破了膽，哪還有得心情去獵色呢？師兄若是不信我的話，不若隨我去船上看看有沒有什麼美人吧！」

灰色老者聞言目光閃爍不定的道：「我怎會信不過師弟呢？好了，夜已深了，師弟還是早點休息吧！沿途奔波也讓你勞累了！明晨再為師弟接風洗塵！嗯，不知師弟傷勢怎麼樣了？需不需我助你一臂之力呢？」

項思龍心下暗罵老狐狸畢竟是老狐狸，先用冷言冷語來給自己造成氣勢上的壓力，想詐出自己身分，再用「真情實話」來穩住自己，不著痕跡的想試探自己，接著又用順勢來誘惑自己，同時玩笑著想探自己虛實，現在還不放心的想察看自己一下以探真偽，可真謂是狡詐到了極點。這樣這番試探，如一般人能不慌不忙的圓過，不露出破綻，那就只有是古里木了！

再說他這般試探，無論自己身分是真是假，他都顯得寬容大度。是真古里木，他這般做來確是出於關心，不但不會引起對方反感，反會由衷感激；是假古里木，他試探的目的也達到了。但可惜他遇上的是自己這超時代的現代人，當下笑了笑道：「多謝師兄關心！小弟傷勢在行程中已由陰邪神幫忙恢復得差不多了！」

灰衣老者聞言目光投向了陰魔女，嘴角掠過一絲陰笑，當望到劉邦身上時，面色倏地一沉的冷冷道：「這人是誰？怎麼面生得很？師弟怎可帶生人上島！」

項思龍淡淡道：「小弟因見此子根骨奇特，是個練武的好材料，所以想收他為入室弟子，為我魔教培訓後人，便斗膽帶了他上島！」

灰衣老者雙目放光的直盯著劉邦，沉聲道：「小子，你站起來！」

劉邦心下雖怕得要命，但有項思龍在側，膽氣倏地一壯，依言站了起來，先把目光投向項思龍，裝作畏懼和不解的望了幾眼，又把目光投向了灰衣老者阿沙拉元首，顯得既有些忐忑又甚是大膽。

灰衣老者阿沙拉元首見了連聲稱「好」道：「師弟果有眼光，此子確是塊上上的練武好材料，千年難得一遇！不知師弟肯割愛把此子送給師兄我作徒弟呢？日後你可以再去選的嘛！」

項思龍聽了心下一突，左右難決，答應也不好，不答應也不好。

正遲疑難決時，不想劉邦卻突地向阿沙拉發問道：「我師父古里木的武功很高，你能打得過他嗎？如打不過，我拜你為師幹嘛？」

阿沙拉哈哈一陣大笑道：「問得好！有志氣！你這徒弟我是收定了！師弟，你意下如何？我對此子一見投緣呢！」

項思龍暗一咬牙，狠下心腸笑道：「師兄如真起愛才之心，小弟自是樂意得很啦！此子有師兄親自雕琢，日後定會為我魔教一放異彩！但這也得看他自己的意願啦！劉龍，你可願拜我師兄為師？」

劉邦目光閃忽不定的道：「師父的武功徒兒很是景仰，如果大師伯他不表露出一手比師父的紫氣天羅更高深的武學來，我……我是不願跟他的！」

項思龍暗讚劉邦機智，此著正好可試探阿沙拉收徒的虛實，如他是因懷疑項思龍身分而想把劉邦挾為人質的話，那他自是不會答應這個要求，以免被項思龍看出他武功的底細來；如他相信了項思龍身分的真實性，又確是存收劉邦為徒心，那麼他定會依言露上一手，這樣劉邦的安危在項思龍身分未被揭穿前都應不會有事，同時也可看看阿沙拉武功到底至何種境地。

項思龍和劉邦的目光都落在了阿沙拉身上，阿沙拉高深莫測的微微一笑，望著劉邦道：「好！我就讓你看看我冥王神功的威力！」

說罷，身體倏地沖天而起，大喝聲中全身上下倏地釋發出奪目的七彩豪光，有若一個灼亮光珠，映照得整個島上頓然一片通明。

但阿沙拉身形不收，在空中如閃電般的飛躍起來，發出轟轟的空氣摩擦之聲，火花四濺，海面上的水波更是被他施力吸起足有十多丈高，再濺落成雨點紛紛落下，「雨點」落在那批執宮燈的教徒身上，那批教徒相繼慘叫倒斃而亡，並且軀體被炸裂成肢飛體解。

不說劉邦看得瞠目結舌，就是項思龍也看得心神大震。

這份功力簡直可與自己十層功力的不死神功相抗了！看來笑面書生懼怕阿沙拉，一心想煉製成枯木死士來對付他也是不無道理的！的確，要想對付阿沙拉，憑他笑面書生的實力還不夠資格。

再加上一個高深莫測的枯木真師，還有一個虛實不如的洪遠法師，這……魔教的實力之高可真是不敢想像！

自己等此次能不能徹底殲滅他們呢？

項思龍倏地覺得自己原本以為萬無一失的計畫是如此的脆弱。

已經是箭在弦上不得不發了，無論是生是死是成是敗也搏上一搏吧！

正如此想著時，阿沙拉已是收了身形，落在了劉邦前身，微笑著問道：「怎麼樣？我這身武功不比你師父古里木差吧？」

項思龍這時斂回神來，接口對呆若木雞般的劉邦道：「小子，能拜我師兄為師可是你的福氣了！方才那一招乃是我師兄浩翰武學的九牛之一毛！還不快快向我師兄跪地拜師，傻鳥般站著幹嘛？」

劉邦被項思龍喝回心神，怔了怔，手足無措的向阿沙拉下拜道：「師……師父在上，請受徒兒劉龍一拜！徒兒願從你習武，學得師父那般天下無敵的武功！我要讓天下武林全都臣服在我的腳下！」

阿沙拉或許是真看上了劉邦，聞言呵呵笑著，竟是上前扶起了他來，伸手在他身上一陣摸索，又嘖嘖讚道：「真是上好骨骼！真不知師弟從哪裡找著此等人才？我魔教振興有望了！此子乃是身具九五之尊的天命之相，入我魔教，則會成為魔界之王，舉天下會為我魔教獨尊！」

項思龍聽得心下暗暗戒備不已，想不到阿沙拉一眼竟然看出劉邦的不平凡來，可不要弄巧成拙，真被阿沙拉把劉邦培訓成了一界魔王，那自己可就悔之莫及了，可得小心著點，不要讓阿沙拉在劉邦身上動什麼手腳。

如此沉默想著，阿沙拉以為項思龍捨不得把劉邦讓給他，上前拍了拍項思龍的肩頭道：「師弟，待平定了日月天帝他們一眾亂黨之後，我就要退隱江湖不問世事了，那時的天下還不全都是你的？你有得是機會再尋愛徒的嘛！不要這麼小氣的了！」

項思龍不置可否的笑了笑，用複雜的目光望了劉邦一眼。

一切可都要看你的了劉邦！好自為之吧！如果你真是具有天命之相的九五之尊，那麼你就應該有能力化解自己的劫難！但願你不會有什麼事吧！

項思龍心下暗暗為劉邦祈禱著，阿沙拉這時神情歡悅的道：「師弟，好好休息去吧！明天師兄我會宣佈一件重要的事情讓大家去做的！有了劉龍，日月天帝已不足為患了！」

項思龍聽得心下一突，卻又大是不解。

阿沙拉說的重要事情是什麼事呢？為何他說有了劉邦，連日月天帝都不足為患了呢？

項思龍抱著滿心忐忑的疑惑，領了金轎四使在教徒的領路下，向阿沙拉為自己等安排的住處走去，心事重重沉重非常。

夜色深濃，項思龍換上了夜行衣，施展縮地成寸的地行秘術趕至了焚天邪神等所在的船隻，大略簡介了一下自己探得的情況後，項思龍語氣凝重的道：「我們得儘快施法與笑面書生他們取得聯絡，著他們千萬不可輕舉妄動，否則我們就會有全軍覆沒的危險！大家都太過樂觀，低估了阿沙拉他們的實力了！現在我義弟劉邦又落在了阿沙拉手中，所以傳報笑面書生他們，沒有我的命令，任何人不得肆意妄為，否則一律格殺勿論！

「當然，船上的這些黑油我們還是照原計劃搬至各島掩埋起米！我用天聽之術視察過阿沙拉他們的行蹤，阿沙拉和枯木真師都已進入他們秘室秘密商談著什麼要事，因他們運功力封了密室，我也不敢發功衝破他們功力封鎖，以免被他們發現我們的行蹤，所以也沒能聽到他們到底在商談些什麼。

「只是劉邦也被他們帶了進去，猜想話題可能是與劉邦有關！不過，我們不要管這麼多了，先把黑油搬上島再說！嗯，我已著金轎四使去通知了四大邪神他們，應即刻可以趕到的！」

焚天邪神面色沉沉的道：「目下我們最主要的是把探得的情況告知軍師他們，可這裡四面全是大海，海面海底均有阿沙拉他們的人在把守，我們卻是如何把消息傳遞出去呢？想來軍師他們都已經佈置好作戰計畫了，這……現在如何是好？」

易凡這時皺了皺眉道：「屬下自小生活在水域，自被軍師收領後，也著重培訓過屬下水性，自信還過得去，所以屬下斗膽向教主請命，願負責此項任務！」

項思龍感激的拍了拍易凡的肩頭道：「好！好樣的！不過海裡食人鯨是由阿沙拉他們訓練出來的，對於生人氣味牠們定然可以嗅得出來，所以易凡可要小心為是了，千萬不可逞強，若不行就求全身退回！」

易凡一臉肅穆的恭聲道：「謝教主提醒關心，屬下會謹慎小心的！」

待易凡由水底潛離去通風報信後，四大邪神和金轎四使等都已趕到。

四大邪神在這南海一帶生活了多年，又是這裡的主管人物，自是對島上的機關關卡和各處的兵力佈置都心知肚明瞭若指掌，在他們四人的帶領之下，項思龍等一行忙活了大半個晚上，至天明微明時，終於將幾船黑油全部運至了島上藏了起來，至於安置布分黑油情況就待以後再說了。

在搬運過程中還算一帆風順，無人打擾查尋，但一眾人均已累得粗氣喘喘了。

項思龍著各路人馬佯裝回房休息，稍稍調整一下精神面貌。

一至得天色大明時，才有教徒回報說阿沙拉元首有請。

項思龍收功停止調息，在下人的侍候下漱洗完畢後，隨了來通報的教徒向島上一豪華建築走去。一路上項思龍流覽了島上環境，卻見樓宇座座，處處花草綠樹，亭台軒昂，確是個豪華幽靜的好住處。

到了大廳，卻見阿沙拉、枯木真師、四大邪神和一眾面目森冷的高手在座之外，最引項思龍注目的卻是一正在數著念珠的和尚，這和尚眉毛又長又白，身披一件紅色袈裟，袈裟上裝置有許許多多古古怪怪的裝飾物，身體較為肥胖，耳朵上還掛著一對綠玉翠耳環，手指上也帶著十個綠玉戒指。

阿沙拉見項思龍一進大廳，目光就落在了這和尚身上，微微一笑道：「師弟，這就是洪遠法師了！快去見過！」

項思龍心下正納悶為何不見劉邦時，聞言漫不經心的走到這勞什子的洪遠法師身前，抱拳朝他行了一禮，淡淡道：「在下古里木，久仰法師大名了！」

洪遠法師緩緩睜開了陰森深冷的雙目，重重冷哼了一聲道：「施主昨晚都幹什麼去了？老衲用感應秘術為何發覺施主房裡並無一人？」

項思龍聽得心下大震，但表面上卻還是平靜的冷冷道：「法師這話是什麼意思？是不是懷疑在下有什麼不詭行為？是不是我師兄和教主著你來監視我的？哼，還不信任我的身分？好，法師就再用感應術測試一下是否可以感應到我在不在這大廳裡吧！如果感應到了，我古里木就是冒牌貨，自絕當場；如果沒有感應到，洪遠法師你就得永遠聽命於我！不知法師敢不敢打這個賭？」

包括四大邪神在內的大廳中所有人，聽得項思龍的這番話都是臉色大變，洪遠法師更是臉色陣紅陣白，雙目厲目灼灼，似欲把項思龍給生吞活剝了。

氣氛靜沉了片刻，阿沙拉元首打了個哈哈道：「師弟幹嘛發這麼大火氣呢？昨晚因我和枯木真師二人都閉關商討要事，所以請了洪遠法師為我們護島，負責視察島上各方面的情況，因洪遠法師不知師弟底細，所以……嘿，只要師弟給大家一個合理解釋也就沒事了，不必賭什麼賭的嘛！會傷和氣的！」

洪遠法師卻是擺了擺手道：「元首不必多說什麼的了，我接受你師弟的挑戰！當年我師兄敗亡在了你們西方魔教首任教主日月天帝的手下，我今天除了要向日月天帝報仇為我師兄討回公道外，也很想領教一下你們魔教絕學，以洗刷我烏里木蘭教敗給你魔教的恥辱！今天我如敗了就只怪我學藝不精，我如勝了，不論你是真古里木還是假古里木，都得死！嘿，昨晚，老衲也領教了閣下的功夫，竟然破了我的感應術，當老衲神智跟蹤你才不到半分鐘，你的呼吸聲竟可以凝功形成聲波攻散了我的腦電波，可確是高手中的高手！」

項思龍正騎虎難下，巴不得洪遠法師接受賭約，如能收伏了他為己用，對己方破西方魔教可是有著舉足輕重的作用；如不能收為己用，毀了他也好，己方可就少了一個重量級強敵。

心下想來，當即喝了聲「好」道：「現在無論是在為證明我的清白和為我西方魔教聲譽方面，我古里木都得和法師打上一架了！

「我們以三局定勝負，第一局讓我來接受你感應術的視察，以免被你的離間計挑撥了我們的內部關係；第二局我們來比兵器掌法拳腳功夫，以證明我們魔教的聲威不是白白得來的；第三局我們來比功力，看看你這老和尚是不是在吹法螺，對我們有沒有那麼大的利用價值，省得讓你白吃白喝白享受。

「還有師兄，我古里木先把醜話說在前頭，此戰以我本性是不會出戰的，但一來我不想讓別人猜疑我的身分，這讓我很惱火，我也不想多解釋，因為我說我昨晚整晚都在房中也沒人會相信；二來師兄你親口對我說過，待日月天帝他們伏誅，就讓出元首之位給我繼承，為了有所表現，所以我挑戰洪遠法師。此戰我如敗了，這世上就再也沒有我古里木這號人物；可我如僥倖勝了，信不信得過我任由師兄和教主，可我無論怎樣都得坐上元首之位。我的話就這麼多了！老和尚，咱們進行第一回合的較量吧！」

洪遠法師已是氣得屁股都快冒煙了，但他修養還算「很好」，怒極反笑的哈哈道：「爽快！誠實！想不到一向以狡詐多謀的古總護法也會說出如此一番『坦誠』的話來！好！話不多講，元首和教主就為找們作個見證人吧！」

阿沙拉和枯木真師相互對望一眼，有了默契後，同時點了點頭道：「就依二位之言吧！但此戰只是印證切磋武功，並不是生死之戰，二位還是點到為止是好！」

洪遠法師嘿嘿冷笑道：「點到為止？今天是不分生死不甘休！」

阿沙拉聽得眉頭一皺，似對洪遠法師這話很不贊成，放緩了臉色和語氣對項思龍道：「師弟，你可得小心應戰！不要丟我魔教的臉！」

阿沙拉這話似是信了項思龍的解釋多些而偏向於他了。

洪遠法師冷森森的道：「說什麼把老衲當作貴賓？原來還是自個幫自個，一個鼻子出氣，根本只是想利用老衲而沒把我放在眼裡！」

項思龍聞言頓忙接口道：「這叫不打自招了！老和尚來我魔教果然懷有陰謀，想讓我們自相殘殺，鬧得我們魔數四分五裂，而他則來個漁翁得利。說不定還是日月天帝他們那方派來的內奸，與他們合作來對付我們，而後再與日月天帝他們平分天下，重建他烏里木蘭教的呢！」

洪遠法師聽得暴跳如雷的指著項思龍，連道了兩聲：「你……你……」

卻是什麼也沒說出，氣憤難當之下，手下念珠赫然發勁，向項思龍呼嘯飛擊而去。

第十章　武庫之爭

項思龍本意就是想激怒洪遠法師向自己出手，如此一來比自己的任何辯白都有力度證明自己是清白的，是洪遠法師心下有鬼，所以惱羞成怒。

眼看著洪遠法師發出的念珠就要擊中項思龍，但為了把戲演得逼真，使阿沙拉等信任自己，所以項思龍決心賭他一把，竟然動也沒動的沒有出手防守。

因為他自信自己的第六感覺，會有人為自己出手的。

果然，只聽得阿拉元首沉聲喝道：「洪遠法師，你也太過份了吧！竟然如此放肆，當著我們的面向我師弟出手偷襲！是不是認為我魔教沒人了？」

「嗤！嗤」兩聲，阿沙拉所發勁氣剛好擊中念珠，念珠受力跌地「嘩啦」一聲，不知用什麼材料製成的念珠散得滿地跌滾。

項思龍見自己冒險成功，嘴角浮起一絲不為人覺察的冷笑。

洪遠法師則氣得臉色鐵青，臉上肌肉劇烈的抖動著，靜默了片刻，倏地發出一陣仰天狂笑道：「這就是你們魔教的待客之道？以眾欺寡？好！好！儘管放馬過來吧！老衲今天即便是戰死，也要殺了你們墊背！」

說著緩緩從懷中掏出一個古色古香的金缽，喃喃自語道：「老衲已是有多年未開殺戒了，這金缽也已多年沒有動用過了，今天就讓你來重放異彩吧！」

阿沙拉元首見了臉色一變道：「洪遠法師真的要與我們拚個你死我活嗎？要知道我們的共同敵人乃是日月天帝，不必為了這麼一點小事傷了和氣的，至於敝師弟與法師之間的瓜葛，我們也同意你們比武解決了，只是法師出手偷襲，這似乎於理不合！」

洪遠法師也還算有些理智，心中雖是殺機大熾，但也知憑自己一人之力根本敵不過眼前這幫魔教高手，只好留待日後再找他們算這筆帳了！

眼前這古里木分明不是真貨，武功機智均是武林罕見，混入阿沙拉他們陣營中定然懷有著不可告人的什麼陰謀，只可惜阿沙拉竟然被他假像所瞞騙，且還被他離間懷疑起自己來，當真是豬腦袋！好，既然不相信我的話，老子也就睜一隻眼閉一隻眼，不去管那麼多了，任由你們魔教倒楣吧！

如此想著，聞聽得阿沙拉的話，當下也見機下台道：「阿沙拉元首說得不錯，我們現在是友非敵，共同敵人是日月天帝，不必拚死拚活的！

「至於我與敝師弟古里木之間本也並無瓜葛，只是老衲聞聽得當年我師兄被日月天帝所殺時，他也在旁觀戰，所以心下對他有氣，而故意編造出一番話來，想報復他的！

「不想你們師兄師弟情深似海，敝師弟也有膽有色，使得我的奸謀沒有得逞，老衲現向你們致以歉意！我和古里木之間的決鬥麼，看來是避無可避了！好，我就與他比過三回合！如我敗了，甘作古總護法的馬前卒，一輩子聽命效忠於他，違約當不得好死。

「如我勝了，古總護法也不必自絕，老衲也只要你一輩子聽命效忠於我就行了！不知古總護法可接受我的意見？」

項思龍聽得遲疑不決，聽這洪遠法師的話似在幫自己似的，可他為何要助自己呢？難道單單只是為了與阿沙拉鬥氣？還是懷有其他的什麼目的？

阿沙拉聽得洪遠法師的這番話，卻是閉目沉思了片刻道：「既然這是一場誤會，我看大家還是握手言和是好，拳腳相向終是會傷和氣！今天我把大家集來是為了商討怎麼對付日月天帝他們，不是來起內亂的！

「島上前日月神教的武庫我已想到了開啟之法，那就是師弟昨晚所帶回的小子劉龍，他身上大腿內側有七十二顆黑痣，與赤帝的七十二天罡之數相同，所以昨晚我與枯木真師教主閉關研討了一晚上，終於被我們發現了些許秘密。

「武庫大門的開啟方法，也就是取出碧玉斷魂劍劍身所藏的天罡北斗七十二劍陣的一套劍法，施出這套劍法刺中大門上的七十二顆金寶石，大門就會開啟，可據我從島上無意得來的一本無字天書中發現的秘密記載，開啟武庫大門還有另一種方法，那就是赤帝的化身具有天命之相的九五之尊者，用此人的鮮血全部潑灑在大門石壁上，也可開啟武庫。

「這劉龍正是具備此條件者，所以我們要抓緊時間設法自劉龍身上取血。無字天書中說開啟武庫大門所取鮮血，務必是從赤帝化身者身上的七十二罡之數的胎記中取得才有效，其他方法取得的鮮血一律無效，可我試過用指力全力射劉龍身上的七十二顆黑痣，不想非但沒能射穿，反被他身上黑痣所釋發出的反震力給震傷了心脈！

「我請大家來，就是想讓大家想想取血之法，要知道日月天帝攻島的時日未可知曉，此人一身武功，經過這麼多年來的參修更是高深至讓人難以想像的地步，再加上據聞笑面書生在利用死人在練製枯木死士，還有鬼影修羅也在他們行列，又有一個日月天帝培訓的新秀項思龍武功可入絕頂高手，日月天帝又是學究天人的老怪物，我們所面臨的境況非常嚴竣，只有開啟了武庫，得到了內中的元神金丹，我們才可自保，大家都應團結一致，齊心協力起來想辦法擊退才是啊！」

項思龍聽到要用劉邦鮮血來開啟武庫大門時，差點失聲驚叫出來。阿沙拉想收劉邦為徒，原來是……這……不知劉邦現在怎麼樣了呢？

不行！得想法救出劉邦到自己身邊！管他奶奶的那麼多呢！被識破身分最多是與你們這幫魔教兔崽子拚了吧！劉邦是絕對不能有事的！他可是中國未來的希望，是中國歷史中頂頂大名的漢高祖！

想到這裡，項思龍對阿沙拉冷笑道：「連這麼重要的事情也不告訴小弟，師兄可真夠意思啊！劉龍無論怎麼說也是我帶回來的，沒有功勞也有苦勞吧！師兄既然對小弟如此不信任，那麼還請將劉龍交還給我罷！」

阿拉拉聞言臉色一變道：「師弟這話是什麼意思？我現在不是把秘密公開出來了嗎？昨晚我沒告訴你，也是因為我還沒有斷定劉龍到底是不是赤帝化身嘛！」

項思龍重哼了聲道：「不信任我就是不信任我，何必假惶惶的呢？師弟終究不是兄弟親，我殺了師兄堂弟天風令主，師兄定然是對我有仇了！沒有殺我，師兄也只是像利用洪遠法師和枯木真師教主一樣想利用我對付日月天帝罷了！只是我的利用價值沒有他們那麼大，在師兄心目中可有可無又不想放棄！」

「嘿，師兄籠絡枯木真師還是想利用他來為你打天下？當年由你策劃唆使枯木真師和骨髏魔尊他們二人背叛日月天帝，最大的受益者還不是你？枯木真師和骷髏魔尊只是你的傀儡罷了！

「我古里木是不服你，但我還自信對我魔教忠心耿耿，可誰知到頭來落得是這般一個連信任也得不到的下場！洪遠法師不也一樣嗎？我故意不出手，就是為了引你出手，讓法師知道你不是個好東西！我古里木雖以狡詐多變著稱，但我還懂得用人不疑，疑人不用的道理！師兄，今天就是撕破了臉皮，我也要你還我一個公道，把劉龍交還給我！」

洪遠法師暗服項思龍機智的高絕，這一場狗急跳牆讓得阿沙拉可說是進也不得退也不得，如果阿沙拉惱羞成怒對項思龍出手的話，那無疑是承認了項思龍的話，會讓得他今後大失人心，可若就此忍氣吞聲的話，又讓他大失面子，自此是難以抬起頭來做人了；還有就是項思龍如此一招，可釋去眾人對他身分的懷疑，如沒有真憑實據來指證他，只會自碰一鼻子灰。

嘆服的同時，洪遠法師也附和項思龍臉色一變道：「阿沙拉元首原來是如此一個唯利是圖的人啊，我洪遠可真是瞎了眼看錯人了！看來我們這次的合作還是就此拉倒吧，省得日後還得小心小人背後放箭！」

阿沙拉身後的枯木真師臉上的肌肉也是禁不住一陣抖動。

項思龍的這番話可以說是說到了每一個與阿沙拉交往的人心裡去了。

大廳中的氣氛沉寂異常，充滿了火藥味。

阿沙拉雙目殺氣時隱時現的緊緊盯著項思龍，驀地仰天一陣哈哈大笑道：「罵得好！罵得痛快！我本還懷疑師弟身分，因為據探子回報，師弟昨晚與四大邪神他們秘密會合商談什麼，並且向島上秘密運來了大批什麼物品，看來我是誤會師弟了！但不知師弟昨晚到底運上島的是些什麼東西呢？」

項思龍本也奇怪昨晚自己一行行動為何如此順利，所以也提防了暗中有人不動聲色監視自己等的這一招，但想來運上的東西是黑油應不會被人知曉，當下不慌不忙的道：「我此番西域之行，除獲得了些許有關日月天帝和笑面書生他們的消息外，自然也會有些其他收穫的了！即然已被元首知曉，我也不妨說白了，搬上的乃是一批兵器、黃金和美女，本想留來自己享用，不想……元首如不相信可著人依我說出的藏點去看看就是了，這樣也可解釋我昨晚行蹤了！」

阿沙拉目光閃忽不定的道：「好，你說出藏寶點吧！」

項思龍心下暗服笑面書生，嘴角歪了歪，眉頭一揚道：「藏在島西的一個秘密山洞裡！四大邪神提供的窩藏點，他們也難以忍受你的非人摧殘了，我給他們服了解藥，解去了他們身上的魔咒，他們發誓效忠我了！嘿，控制他們的毒藥秘方可是我提供給元首的，自有辦法解毒了！至於加固在他們身上的魔咒麼，我們本是同門師兄弟，我自也有辦法給他們破解！」

阿沙拉氣得臉色鐵青的望了項思龍一眼，喋喋怪笑道：「好啊，原來一切都是你處心積累早就計畫好了來作反的！怪不得我發覺四大邪神舉止有異呢！想不到你還有這麼一手！古里木，你還有什麼事隱瞞本元首沒有？」

項思龍嗤笑道：「人不利己天誅地亡，每個人都會有自己的秘密！元首你不也是有許多事情瞞著我嗎？

「盜來了道魔尊者、天魔尊者、冰魄夫人、天機老人、魯妙子他們一眾人的屍體，練製枯木死屍，你又何曾告訴過我？說我作反？你有什麼證據？是藉口除去我嗎？何必大費口舌呢？你武力高過我，盡可以強行殺了我，有誰敢有異議？沒有的啦！所有人都是孬種！不過我古里木卻是死不瞑目，因為我是冤死的，我並沒有叛教！我還是忠心耿耿的為著我們西方魔教！我只是不滿他媽的你的所作所為！」

項思龍真可說是索性豁出去了，所以說得甚是激動逼真，洪遠法師禁不住拍掌叫好道：「你奶奶的，罵得痛快極了！說得精彩極了！古總護法我們那一戰暫且放在一邊日後再說，現在我支持你！」

四大邪神這時也見機站向項思龍這邊大聲道：「總護法，我們也支持你！」

金轎四使緊跟著高呼道：「我們誓死效忠總護法！」

以前跟古里木是死黨或被古里木收買誘惑威脅的不少高手也乘勢靠向項思龍

這邊，紛紛高喊道：「我們堅決擁護總護法！」

項思龍想不到自己的一番話會產生這麼強烈的反響，心下興奮非常。

阿沙拉此時是手足無措了，禁不住把求助的目光投向了一直不多開口說話的枯木真師。

項思龍見了心下一突，難道真正的魔教主使人還是枯木真師？

此等念頭剛剛閃過，枯木真師突地發話道：「古里木總護法乃是我魔教精英中的精英，本教主相信他對本教的忠誠，只是他也太好大喜功了點，竟然以下犯上，這已犯了教規。不過看在他為本教忠心一片的份上，前過既往不究，從現刻起升為本教副教主兼代理元首。

「阿沙拉雖生性好疑，但他也是為本教安危著想，所以對諸位多有不到之處，也是情由可原。他也已主動提出待平定了日月天帝他們後退位讓賢，所以大家也不必對他有什麼成見。

「現在大敵當前，大家應該同心協力一致抗敵才是！本教主現在表態，在此次戰鬥中殺日月天帝者升為元首，殺笑面書生者升為副元首，殺鬼影修羅者升為本教總護法，殺小子項思龍者升為副總護法，還有，現今想出辦法開啟武庫者，元神金丹就歸他所有！大家認為怎麼樣？」

廳中氣氛又突地沉寂了下來，私心可真是害人，枯木真師提出的這些條件也確實是太誘人了，連得洪遠法師也禁不住怦然心動。

項思龍自己猜測果也真實，禁不住再度思量起形勢來。

這時是以武稱霸，誰的武力強大誰就可以高高在上！

阿沙拉的功夫自己是目睹過了，的確是個非常辣手的人物，想不到枯木真師的實力還位居其上，看中枯木真師才是真正難以對付的角色了！

阿沙拉已被自己不費一刀一槍施計擊倒，洪遠法師也被自己用離間計使他疏遠了魔教，魔教中的不少高手也被自己用三寸不爛之舌迷惑，但看來要對付這人不像人鬼不像鬼的枯木真師是不會有那麼容易的了！

不過這番收穫也不小了，把黑油運上了海島，收服了四大邪神，離間了魔教內部的團結，現在最讓自己放心不下的是劉邦，不知易凡是否已與笑面書生會合，把這邊的消息告訴他們沒有？唉，原本認為此次滅魔計畫很是周詳的，想不到卻又弄出這許多的問題來！他媽的，這幫魔崽子沒一個好東西，還是殺光了為好！

嘿，自己弄了個副教主當當也不錯的嘛！權力大得多了！被自己這一鬧，這島上現在除了枯木真師可管自己，其他人可都會敬畏自己的了！連阿沙拉也不會例外，只不過他卻也有幾份對自己的深切仇恨吧！

心下想著，口中卻是沉吟了一會道：「教主的仲裁，屬下心服口服深表同意，不過我有個要求，就是一定要見著劉龍！元神金丹的誘惑可不小！」

枯木真師想也沒想道：「這個就是副教主不提出來，我也正打算把劉龍交還給你了！因為我們沒法與他溝通，此子性子剛烈，根本不與我們合作！副教主乃是發現他的人，與他關係定然不錯，劉龍在我們對付他時，開口說的唯一一句話就是要見副教主了！

「待會我把劉龍給你，還望副教主儘快從他口中套出破他身上七十二黑痣之法，取到他身上的鮮血，不可存婦人之仁。開啟了武庫大門，元神金丹就是副教主的了！那時的天下還不唯你獨尊？」

項思龍心下暗喜，故作意氣風發的道：「屬下與教主及教中兄弟永遠禍福與共的！哈，剷除亂黨，咱們再直進中原，那裡的美女……哈……」

枯木真師醜臉上露出怪笑道：「此事我們還是不多談了！副教主和洪遠法師

的比鬥不知還進不進行呢？如進行的話，咱們就去校場吧！」

枯木真師平平淡淡的就擺平了眾人騷動，又有意無意的提起項思龍和洪遠法師比鬥的事情，這些手段可不謂不高明。

項思龍也淡淡一笑道：「咱們還是以開啟武庫為重吧！其他的事一切待後再說，不勞費心就是！嗯，我這便要見劉龍！」

任他枯木真師手段高明，可項思龍也不是省油的燈，很快就還擊了他一把。

枯木真師目中閃機一閃，嘿嘿笑道：「副教主說得不錯，要以大事為重，至於受他人侮辱，本教的聲譽都是小事了，無關緊要的！」

洪遠法師聽得臉色一變，正待發作，出言反擊，項思龍頓忙打了個哈哈道：「連教中的小人我也忍氣吞聲了下來，何況洪遠法師與我們現在是友非敵呢？我們之間的恩怨我們自會解決，教主還是省省心吧！」

枯木真師似想不到項思龍口齒如此伶俐，乾咳了聲，轉過話題道：「好，本教主現在就帶你去見劉龍！請隨我來吧！」

項思龍隨枯木真師進了一處島中山洞的地下秘道。

秘道很長，足足走了盞茶工夫，才到了一間石室。

劉邦已被冰封在一個長方形的大冰塊裡，雙目還是睜著，顯得既恐懼又憤怒，身上的衣物全被褪去，有明顯被打過的傷痕。

項思龍看得心下一陣刺痛，對魔教的仇恨又增進了許多。

枯木真師一瞬不瞬的盯著項思龍，臉色陰晴不定，既有殺機又有懼色。

項思龍冷冷的望了正怔望著自己的枯木真師道：「可以救醒他？」

枯木真師聞言道：「寒冰中和他體內的陰剛之氣，如此或許會破了他的天罡七十二黑痣陣，再過四個時辰滿十二時辰之數了，還是看看這方法靈不靈驗吧！」

項思龍心下雖極不情願讓劉邦受寒冰刺骨之苦，但還是只得點了點頭道：「好吧！四個時辰之後再為他解冰！但願此法行得通！」

枯木真師突地道：「你不是古里木，我看得出來！你到底是誰？是不是日月天帝老教主？深入我們這裡到底意欲何為？」

項思龍聽得心下一緊，但還是平靜的道：「原來教主也不信任我！好，到得此等地步，我留在魔教也沒什麼意思了！只請教主讓我帶上劉龍離島！」

枯木真師冷笑道：「讓你離島？以為我們這裡是什麼地方啊！想來就來想走就走？不論你是不是日月天帝，既然被我誘進了這冰火洞，無論你本事多大也別想活著離開了！

「嘿，你認為自己易容術高明嗎？但你怎也想不到笑面書生會出賣你吧！什麼劉龍？他乃是無名小子劉邦！用他身上的鮮血來開啟武庫這一說法全是我和元首虛構出來引誘你的！不想你果也上當了！

「你憑口舌之利擊敗了阿沙拉，我可是謝謝你為我擊退了一個分享武庫的勁敵了！笑面書生出賣你的目的，我們也心知肚明，無非是想利用你來與我鬥個你死我活，而他則坐收漁網之利，說來他最忌憚的敵人也是你日月天帝。但他卻低估了元神金丹的功效，只要我得到元神金丹，那整個天下就全都是我的了！

「嘿，不說話？是不是承認你就是日月天帝了！

「老教主，可也別怪我再次對你心狠手辣了，只怪你太過專橫了，從來不給我們自由的發展空間，所以我們要背叛你！好，現在只要你交出碧玉斷魂劍，我還可考慮一下不殺了你兒子笑面書生，也可賞你一個全屍！怎麼樣？做不做這交易？」

項思龍聽得胸中怒火熊熊，他媽的笑面書生，老子已經是給你好幾次改過自新的機會了，想不到你又出賣我！老子此次如能得以不死，一定要殺光西方魔教所有的人！不分男女老幼全殺！

當下也破口大罵道：「枯木真師，你這狗殺的，本座今天就是要死也要拉了你來陪葬！想得到元神金丹，下輩子吧！」

枯木真師的身影此時早已不知去向，只聞得他的聲音傳來道：「哈哈哈，日月天帝，你這老不死的，想不到聰明一世也會有糊塗一時的時候吧！終於被我詐出你的身分！假假真真，真真假假，這一套審訊手段可全是你當年教我的，今日卻也給中了我的圈套了！

「元首的這一招可真夠精明，用實話來詐騙他，可其中又摻雜了虛假成份，笑面書生是他親生兒子又怎會出賣他呢？劉邦這小子則只被我們用攝神術就套出了他的姓名，真是不堪一擊，不知你這老傢伙為何如此看重他？一個名字就詐出了你的底細！

「日月天帝，你可真是已經老了，不中用了！

「冰火洞的威力你也應該知道，只要我們啟動了火山口或海底寒冰口，你們二人也就死無葬身之地了！還是交出碧玉斷魂劍吧，歸降我們，你們才有一條活路！否則你們就好好享受冰火洞的滋味吧！沒了碧玉斷魂劍，可也除去了你這個勁敵，剩下笑面書生他們又有何患？天下仍是我們的！」

阿沙拉的聲音這時也傳來恨聲道：「老傢伙，方才被你威風夠了，讓本座受那麼一肚子氣的，現在老子要讓你嘗盡天下酷刑而死！至於島上這些背叛了我的人，我會慢慢的修理他們的，老天註定了要讓你這老傢伙栽在我阿沙拉手上，你就認命吧！」

言畢，二人聲音再也沒有傳來。項思龍強忍住心下的震驚和惱恨，叫自己鎮定下來。

劉邦是中國歷史上有名有姓的漢高祖，當不會陪自己一起葬身在這什麼冰火洞的吧！

一定得想法逃出去！事情已經到這等地步的了，其他的什麼都無關緊要了！救出劉邦重中之重！要不劉邦如出了什麼事，自己可就成為歷史罪人了！

該死的阿沙拉和枯木真師，待老子能得以大難不死的話，老子不管三七十十一也要殺了你們以出心中的這口鳥氣！想我項思龍來到這古代近二年的時間裡，還從來沒有像今天般窩囊過！哼，憑我身具比你們多了二千多年的歷史文明的教育，難道會鬥不過你們？

我一定會有辦法逃過此次劫難的！命運是把握自己的手上的，我不能坐以待斃，得想辦法逃出這冰火洞，劉邦是一定不能出事的！要不中國的歷史就沒有希望了！心下有些焦急的想著，項思龍把目光投向了封在冰中的劉邦。

先救醒邦弟再說吧！想來阿沙拉和枯木真師是對付四大邪神、焚天邪神、洪遠法師等投靠自己的眾人去了，要擺平他們，阿沙拉他們也得需大費些手腳，只慘了焚天邪神等，都要陪自己葬身在這南沙島上了！可自己現在自身難保，對他們也是愛莫能助！

唉，自己真小視了阿沙拉和枯木真師，一切的過錯都是自己造成的，這次計畫的失敗，並且弄至此等局面，可說都是自己太過自信和粗心大意造成的，自己應負責任。

但現實是殘酷的，事情已經是沒有反悔的餘地！

這也就是戰爭所要付出的代價吧！只是這次的失敗太讓自己不甘心了！

項思龍邊想著邊催動體內的三昧真火勁氣融化封住劉邦的冰塊。

不大一會，冰塊全部化去，但劉邦還是沒有醒來，項思龍觸手一摸，只覺劉邦身上不但不涼而且還燙如灼鐵，心下正驚詫時，卻又突見劉邦頭頂冒出一縷縷的紫色煙氣。

啊！這不是內力已達三花集項的現象嗎？怎麼邦弟……

項思龍見了心下又驚又喜，也沒有再去驚擾劉邦，只是心下尋思著劉邦身上為何會出現這種現象，難道是徐福方士給他服的萬轉銀丹在體內生了功效？

足足過了個半時辰的工夫，劉邦才悠悠醒來，見得項思龍在身側怔怔的望著自己，驚喜得一把跳了起來，緊緊抱住他道：「項大哥，你怎麼也在這裡？」

劉邦的神態似遭受了什麼恐怖慘忍的驚嚇似的，讓得項思龍見一陣心痛，但見他神智清醒，也放下心來，溫和道：「邦弟，你沒事吧！他們到底把你怎麼樣了！」

劉邦此時情緒平靜了些，但還是心有餘悸的一臉懼色道：「項大哥，那阿沙拉並不是想收我作徒弟的，他和枯木真師把我帶到這地洞，就聲色俱厲的逼問大哥的真實身分和我們來島的目的，我自是隻字不說，他們便把我帶進一間刑室，讓我觀看各種慘不忍睹的景象，有割鼻子，有挖眼睛，有破手破腳，有五馬分屍，有把人用巨磨磨成肉漿，還有挖人心給吃了下去的，總之是讓人見了心裡發毛吧，我……我給嚇昏了過去，被他們用冷水潑醒後，他們又對我進行審訊，說如果我不招出來便也讓我受盡酷刑而死，我心下雖是害怕，但還是沒有出賣大哥，他們便狠狠的抽打我，還是沒問出什麼來的情況下，便二人同時對我發功把我給封了起來，但在他們對我發功時，我感覺自己的體內好奇怪，竟是有一股熱氣在丹田湧動，把他們的功力都吸了進去，可我還是無法掙扎，只得任由他們擺佈，再後來我便什麼也不知道了！

「直到差不多時，我體內的怪異現象又出現了，我只覺丹田似有一團火在燃燒，全身的經絡都如萬蟲鑽動般的疼痛，可我既是叫不出，人又不能動，這種現象持續了好長一段時間後又突的消失了，我也便醒了過來！項大哥，是你救了我的吧！」

項思龍苦笑的搖頭又點頭，看來劉邦是經阿沙拉和枯木真師二人的功力摧殘，不想激發了他體內的萬轉銀丹藥力，使他因禍得福吸收了萬轉銀丹的全部功效，後經自己的一番輸功化冰，又讓劉邦獲益不淺，以至他現在是體內凝合三家內力之長，再加上萬轉銀丹藥效給他增添的功力，才使他衝破生死玄關，擠身於高手行列了！說來他能有此等奇遇，可也多虧阿沙拉和枯木真師發功凝冰封住了他，使他體內萬轉銀丹發效的熱力被化解，要不他可就會灼熱焚身而死！唉，劉邦功力大增，本也是件好事，只可惜……自己二人現在被困在這冰火洞，生死難料啊！

劉邦見項思龍望著自己苦色的沉吟不語，心下一突的道：「項大哥，出事了嗎？」

項思龍長歎了聲，點頭沉聲把自己等現在的情況說了一遍，惱恨道：「我們現在是一敗塗地了！邦弟，都是大哥連累了你！要是不讓你與我同行來南海……」

劉邦聽得面色也是沉重異常，但聞得項思龍如此說來，頓忙截口道：「項大哥這是什麼話？生死由天定！如天要亡我們，我們想避也避不掉的！更何況我劉邦能從一個市井流氓混成今日的成就，可說全是拜項大哥所賜，能與項大哥死在一起，卻是我劉邦的福氣呢！只可惜要讓諸位嫂子……」

項思龍聽得心下一陣衝動，正想把自己與他是兄弟的關係給說了出來，但如此一來劉邦也會知曉了他和父親項少龍的關係，或許會因此而挫傷他今後稱王稱霸的積極性，那可就是非自己所想的了！

唉，這個中的痛苦一人獨自品嘗吧！自己和父親項少龍都是這古代的局外人，不應該攪和這時代的平靜的，只是父親……

也不知他現今怎麼樣了！騰翼是否找著他了呢？

如果父親就此消失了，那自己只要把劉邦救出這冰火洞，就可功成身退了！

項思龍也不知自己怎麼會有這等想法，只覺情緒低落至極。

二人靜默了好一陣，項思龍斂神回來道：「邦弟，我們不要坐著等死，這裡既有進口也就自會有出口的，趁阿沙拉他們現在正處理島上情況之際，我們快找找看，要儘量的爭取時間找到出口！我們可以捲土重來對付魔教的！留得青山在，不怕沒柴燒，我們先保住性命再說！」

劉邦聽得精神稍稍一振，站了起來道：「那我們快找找看！」

項思龍不放心劉邦，要他與自己一道，二人在洞內視察了大半天，仍是一無所獲，只是發現這洞穴面積很大，裡面到處都是石筍石乳，洞中連洞，但呼吸仍是暢通無阻，洞內枯骨無數，生銹的兵器隨處可見，顯是發生過什麼大殘殺。

劉邦有些意興索然的道：「項大哥，咱們不要浪費時間了吧！這山洞石壁堅硬無比，又不可運功開掘地道，一來沒時間，二來又怕崩塌。還有啊，這裡面無風無水跡，顯是在這海島的中腹，我們還是等上天來救我們吧！」

項思龍心下也焦急異常，可確實是毫無出路形跡，洞內除自己二人之外，再無其他的任何生命，連老鼠蛇也沒一隻，看來真是個絕地。

難道老天真要讓自己和劉邦死在這洞內？這讓自己太不甘心了！要知道自己的歷史使命還沒完成啊！

無論如何也不能讓劉邦死的！

項思龍忽地發出一聲驚天怒喝，洞內迴響不絕。

就在這時，阿沙拉的聲音突的傳來道：「窮叫個什麼？如不交出碧玉斷魂劍不向我們投降，你們還是準備等死吧！你們也不要希望有什麼人來救你們了，你們在島上的同黨已全被我們消滅了！再給你們三天時間，如還不有反應的話，老子就送你們去見閻王！」

項思龍心急一動的道：「阿沙拉，你們要對付的是我日月天帝，只要你們能讓劉邦平安離島，並且發誓永不傷害他，我就把碧玉斷魂劍交給你們，要殺要剮並且任由你們，這條件你們考慮一下吧！」

阿沙拉沉默了一下，嘿嘿笑道：「老傢伙，想耍什麼花樣啊！老子可不會中你的什麼計！劉邦是你什麼人，你會捨命救他？再說你一身武功也讓我們不放心！除非是你自行廢去武功，再讓劉邦拿碧玉斷魂劍出來，我或許還可考慮考慮！好了，我不與你廢話了！這裡有一粒七絕散功丸，你拿出當著我們的面服下，再自行挑斷自己手筋腳筋，我們就放過劉邦！」

話音剛落，只聽得「轟轟」一陣機關發動之聲響起，項思龍當即拉了劉邦往發聲處馳去，卻見洞頂上冉冉降下一個石桌，但石桌降下，當即又有巨石填充，只是這塊巨石乃是用特殊水晶做成的，竟可以看清上面景象，是阿沙拉一臉奸笑的面容落入二人眼中，項思龍看了只覺心中怒火直冒，「鏘」的一聲撥出腰間的斷魂劍，運足全力向這塊水晶飛身擊去。

「噹——！」一陣金屬觸擊的巨響在洞內迴盪不止，整個洞頂大石紛紛被震得滾滾落下，洞底也被震得搖晃起來，但水晶仍是毫然無損。

阿沙拉的喋喋怪笑聲傳來道：「老傢伙，你怎麼忘了，這水晶乃是集海底萬年珍珠練製而成的，怎會被擊碎呢？嘿，火氣也不要這麼大了！你再發火施功擊洞壁的話，可小心觸發了洞中的活火山！這冰火洞乃是你這老傢伙的外公狂笑天親自設計的，開啟洞口的機關全在洞外，並且洞內可觸不得，一個不小心就觸發洞內機關的，你還是安份些吧！嗯，看來你情緒激動得很，我們今天的談判還是就此終止吧！」

說罷，巨水晶被什麼東西蓋上，再也看不見洞外景象了。

項思龍噓了一口氣，走向石桌，上面放著一個綠玉瓶，內中裝的大概就是什麼七絕散功丸了吧！項思龍握住玉瓶，心下忖道：「無論如何自己也要救出劉邦，即便是讓自己付出犧牲也在所不惜！」

劉邦這時卻突地大聲道：「項大哥，你這是做什麼？以為我劉邦是貪生怕死之輩吧？是兄弟就應該福禍與共生死與共，我不會犧牲你來求生的！咱們兄弟要死就一塊死！如果項大哥委屈求全，我……也不會獨活的，那樣活著也沒有意思！再說你相信阿沙拉那傢伙的話嗎？他那等心狠手辣的小人，有個屁的信用！項大哥還是省了這傷心吧！只要大哥服散功丸，我就自盡！」

項思龍見劉邦說得一本正經，愣了愣，心下一陣激動道：「可是只要有一線生機的希望，我們就都要爭取去試一試啊！要知道你可是中國未來的……」

項思龍差一點衝口說出「你可是中國未來的歷史主宰者漢高祖」，但只說了一半，即然發覺自己失言，忙打住了話頭，放緩語氣，接著又道：「邦弟，你聽我說吧！蕭何、樊噲、張良他們可都需要你去領導他們幹出一番轟轟烈烈的事業來呢！要知道你現在是一支義軍的首領，天下窮苦百姓也都需要你去解救他們！大哥我就不同，我只是一介江湖中人，死在江湖也是自然的！」

劉邦把頭搖得像一撥浪鼓似的道：「不聽不聽！我只知道沒有了大哥支持，我就什麼也做不成了，大哥的生命才是最重要的！」

項思龍還待說些什麼時，卻突聽得「噹！噹！噹！」一陣金屬跌地之聲響起，聞聲一看，原來是手中的碧玉斷魂劍全然碎裂了。

劉邦「啊！」的驚叫了起來道：「大哥，你看，劍中劍！碧玉斷魂劍內中原來還藏有一把劍！嗯，劍身上似乎有許多文字呢！」

項思龍這時也驚詫起來，細看起手中這把通體金黃的劍中劍來，卻見劍柄上寫著「天劍」兩個隸體古字。

劍體上的文字記載了天劍來歷及前日月神教武庫的秘密。

原來這把劍乃是赤帝當年所用佩劍，是一把上古奇物，後被日月神教的創始人狂笑天尋獲，練成了內中的天罡七十二劍式和赤陽神功而威震江湖，傳至狂笑天的第四代時，因遭教中叛徒所害，臨終前把天劍藏在了碧玉斷魂劍之內，並且把武庫秘碼改變，只有用天劍插入大門的七十二天罡在陣的中心位置才可開啟武庫，武庫大門有兩座，一座在島上，一座就在冰火洞內，並且載明了位置。

項思龍看得大喜道：「有救了！咱們有救了！」

劉邦這時大喜中卻是一臉沉的泛泛道：「劍身文中說武庫之內除有元神金丹和各種武功密笈外，還有毀去這整個南沙群島的機關！待我們脫險之後，我一定要開啟這機關，殺光這島上的人！反正武庫內有秘道可通向大海，我們可以不死的！」

項思龍也咬牙切齒的道：「不錯！一定不能讓阿沙拉和枯木真師他們這般魔頭活在這世上，我們要徹底毀去魔教，不讓他們遺禍我中原！想來島上我們的人都已被阿沙拉他們誅殺光了，我們也再沒什麼顧忌的了！哈，這也就叫作天助我們吧！」

冥冥中一切都有天意！自己等的計畫沒有得逞，並且一敗塗地，可不想至臨死關頭，被自己一怒之下誤打誤撞的破解了碧玉斷魂劍的秘密。

魔教也是命中註定要毀在自己手上吧！只是焚天邪神他們……

這世上本就無完美的事，三十天月亮也只有一個圓月，自己也只能為他們的在天之靈默默祈禱了，願他們待自己滅了魔教之後，九泉之下也能得以瞑目吧！

項思龍心下如此想著，目中精芒一閃道：「邦弟，我們去開啟武庫！」

項思龍和劉邦依天劍所示找尋了好一陣，才終於找到了武庫大門。

大門原來是一塊大石的後面，按機關開啟大石屏就是了。

大門是用白玉大理石雕成的，上面繪的是一副星天圖，七十二天罡北斗星陣乃是用黃金特製，所以很好辨認，星陣中心是一塊紅寶石，紅光爍爍。項思龍拿天劍劍柄上的寶石與紅寶石以後，只聽「咔嚓」一聲，赫然現出一個大洞孔來。項思龍和劉邦見了對望了一眼，既是興奮激動又是緊張的由項思龍把天劍插入了洞孔之中旋轉。

只聽得「轟轟轟」一陣巨響，白玉門緩緩向上開啟，一陣刺骨寒氣向項、劉二人迎面撲來，幸得劉邦現已功力大增，才沒有打寒顫，但也「啊」的一聲驚叫道：「好冷！這是什麼鬼地方啊？」

冷氣瀰漫著開啟來的武庫，卻見到處都是冰雕，在珠光寶氣的映照下給人一種怪怪然的感覺。

項思龍雙目飛快的一掃內中場景，卻見裡面的冰雕和各處點綴的珠寶全都是依星天圖佈置而成的。

默思了一下白玉大門上的星天圖，項思龍很快找著了十二星陣的位置。

這裡卻又是另一番景象，用冰塊做成的書架上擺滿了各式武學典藉，冰兵器上也掛滿了各種神兵利器，珠寶珍玩更是不知裝了多少冰櫥，但最讓項思龍和劉邦關注的卻是一座用冰雕成的帝王神相，神相口中怦然含著一顆毫光四射有雞蛋般大的七彩珠子。

劉邦走上前取出珠子，放在掌心邊端詳著邊衝項思龍道：「項大哥，這顆就是讓人爭死爭活的元神金丹啊！只不知是不是服了後真可功力大增，天下無敵？」

項思龍停住翻閱武學秘笈，走近劉邦也望了一眼他手中的元神金丹，笑了笑道：「你眼下試試看不就知道了！」

劉邦聽了咽了口口水道：「嗯，看上去的確非常誘人！不過，還是項大哥你服食吧！要知道寶物乃是有緣者得之，武庫是大哥發現開啟的，自是應歸你所有了！再說，我生性不喜親自動手打打殺殺的，項大哥天下無敵後，有你罩著我也就夠了！」說著把元神金丹遞給項思龍。

項思龍見了一怔，沒有接過道：「邦弟可真是毫無貪心，這人人夢寐以求的元神金丹你見了竟然也毫不動心，真是讓大哥佩服！」

劉邦笑了笑道：「誰說我沒貪心呢？只是項大哥的東西我是絕對不會動貪心的！其他人啊，我早與他搶了！嘿，能沾著項大哥的光，拿幾本秘笈幾件利器也算不錯了！項大哥拿去快點服食吧！我可迫不及待的要開啟毀滅機關，讓阿沙拉他們去上西天了吧！」

項思龍擺了擺手道：「大哥我一身功力已是通天了，不用服食這元神金丹的！倒是你啊，不用心練武，讓我時常擔心不止，還有你將來要征戰沙場，沒有高深武功怎麼行？元神金丹還是你服了！」

劉邦見項思龍一再推遲，知道自己也推不脫了，當下眨了眨眼道：「那小弟就恭敬不如從命了！不過，我們還是一人服一半的好。」一半自己像吃花生米般吃了下去，另一半遞給了項思龍。

項思龍也知道劉邦的脾性，當下也接過吃了下去，對劉邦道：「運動調息一下，以充分吸收金丹的功效吧！」

劉邦依言息膝而坐，依項思龍傳授的心法調息起來。

洞內頓時靜了下來，項思龍和劉邦完全進入忘我之境。

項思龍和劉邦這一番打坐也不知過了多長時間，才先後醒了過來。

舉目回顧，卻見整個武庫內的冰雕不知何時已全部化融。

項思龍往劉邦望去，但見他身上衣衫全化為灰燼，一臉的神嚴寶相，讓人見了既感好笑又感心底油然而生一勝景仰之意。

一時之間，項思龍望著劉邦倒是給怔愣住了。

劉邦也發覺自己絲無寸縷，但卻是指著項思龍大笑起來道：「項大哥，你……你也與我一樣的呢，身上的衣物全變成灰了！哈，這元神金丹的威力倒真不錯，我現在感覺自己體內真氣猶如百心歸海，在丹田內奔流不息，全身經絡也似輕了許多，通透極了！嘿，真想試試這元神金丹到底如何！」

說著舉起手臂來揮了揮，不想勁氣卻隨意而發「嗤！嗤！」兩聲，兩道紫金色真氣向武庫石壁擊去。

「轟！轟！」兩聲巨然爆炸之聲響起，只震得整個武庫猶若地震般劇顫起來。

劉邦咋了咋舌，驚喜的望著自己的兩隻拳頭，不可思議的道：「哇咔！真這麼厲害啊！隨手一擊也有這麼大的威力！哈，這下可再也不用做縮頭烏龜啦！」

項思龍心下也是喜駭異常，劉邦方才隨手一擊，怕也有自己十二層道魔神功威力，要是他全力出手的話……這元神金丹真當是名不虛傳，難怪阿沙拉等拚死拚活的去尋找了！

劉邦有了深厚的內力基礎，再練些保命招式，應可暢行天下了！

自己也總算今後可以不再為他安危操太多心了！以他的過人機智再加上如此強大的功力，舉天下之間應沒有什麼人能暗算得了他，何況他是身具天命之相的漢高祖？

真不知歷史中的劉邦是真有一身驚世武學，不是因自己……

不過，這也無關緊要的了，只要自己沒改變歷史的主流就成！

心下如此想著時，劉邦又叫了起來道：「我這無名小子服了半顆元神金丹已是如此厲害了，項大哥本身就具絕世神功，想來也更加不可思議了嗎！真想去親手殺光阿沙拉和枯木真師他們那幫魔崽子，以試試自己到底如何了！」

項思龍聞言斂回心神，笑了笑道：「以後有的是機會讓你一展身手吧！走吧，啟動毀島機關，咱們也開始離開這鬼地方吧！要知道我們還有許多事情要去做呢！」

劉邦聽了訕笑道：「我知道的呢！咱們離開南海後，項大哥可就要隨我一道去擒瘟神和田霸了！還有盧綰、樊噲他們也都急需我們去解救了！」

項思龍上前輕擊了一下劉邦胸脯道：「好了，少囉唆吧！咱們要做的事情可還多著呢！」

項思龍和劉邦開啟武庫中的毀滅機關後，由地下秘道出了武庫。

當二人游出海面時，卻見身處另一座海島，島上甚是荒僻，毫無人跡，連花草蟲鳥也不多見，只四處盡是焦石，海浪一陣一陣的猛拍在岩石上，發出震天巨響。

遠處的火光依稀可見，爆炸聲不絕於耳，想來阿沙拉他們應該沒命了吧！

項思龍心情既是舒暢又有些憂鬱的道：「江湖上的仇殺並不亞於戰爭，都是殘忍異常。但願西方魔教被滅後，中原武林能平靜下來吧！」

劉邦不置可否的道：「江湖與宮廷本就是連在一起的，現在中原戰火四起，江湖哪會平靜呢？人的私心會作怪的，不安寧的江湖人才不會錯過良機，甘心於平凡呢！」

項思龍歎了一口長氣，點頭道：「是啊，天下一天不平靜下來，也不會有江湖的平靜！我不也一樣嗎？身在江湖，一顆心卻是繫在天下蒼生身上！邦弟，你可得堅強些，做出一番大事業來！只要你有決心，終有一天會獲得成功的！」

劉邦這刻也意氣風發的道：「謝謝項大哥的鼓勵！只要項大哥支持我，我劉邦就堅持抗戰一天！我一定要平定天下戰火！我要做一代千古流芳的大英雄！」

項思龍聽得喝了聲：「好！邦弟，有志氣！大哥會全力支持你的！現在魔教滅了，大哥在江湖中再無牽掛，待我處置好西域的一些事情後，大哥就隨軍跟你一道去打天下了！咱兄弟倆雙劍合併，一定可以天下無敵！」

劉邦聽了擊掌道：「大哥，我等的就是你這句話了！雙英合璧，天下無敵！」

二人一齊哈哈大笑了一陣，劉邦突地皺下眉頭道：「大哥，這孤島上荒無人跡，又無樹無木，咱們卻是如何回西域去呢？大海茫茫啊！」

項思龍臉色一肅道：「魔島被毀，笑面書生一定會知曉，必會派人在這附近尋找我們的！不用驚慌，我們連冰火洞也沒困住，難道會被這大海困住？」

項思龍話音甫落，突聽得劉邦驚呼起來道：「大哥，你看！有兩隻怪物向我們這島上飛來了！哎，像是阿沙拉和枯木真師呢！」

項思龍聽得心下一緊，舉目朝劉邦所指處望去，卻果見了披頭散髮、灰頭土臉、狼狽至極的阿沙拉和枯木真師，雙目殺機一現的泛泛道：「當真是天網恢恢，疏而不漏，這兩個老怪物送死來了！邦弟，一人一個，隨便你選！」

劉邦顯得既是興奮又是有些底氣不足道：「項大哥，我……我能行嗎！」

項思龍哂道：「怎麼不行？你方才不是還誓言旦旦的要做大英雄嗎？相信自己的能力吧，要知道萬轉銀丹和元神金丹已讓你脫胎換骨，你再也不是以前的劉邦了！」

劉邦聞言豪氣一漲道：「對！我再也不是以前那麼好欺負的劉邦了！項大哥，我來對付阿沙拉這傢伙！今天老子也要大展一下瘟神般的神威！」

二人正說著時，一身焦黑，身上衣衫焦破不堪的阿沙拉和枯木真師已是飛至島上。

見得項思龍和劉邦二人，阿沙拉和枯木真師驚怔之下，雙目發紅，猶如兩頭被激怒的猛獸，同時衝著二人喋喋怪笑的吼道：「原來你小子不是日月天帝！嘿嘿，今天我們要把你這兩個小子碎屍萬段，以洩我們心頭之恨！」

項思龍因在運功化解金丹時臉上的易容藥物已全都脫落下來，露出了他本來的醜陋面目，再加上他現刻和劉邦都是近乎赤身裸體，從他身上的堅實發達肌肉中可看出項思龍不是笑面書生的父親了。

不過，這一切現在都已無關緊要，魔島被毀，島上的魔教教徒已死亡殆盡，阿沙拉和枯木真師雖逃了出來，但他們卻自投羅網的又正好與項思龍和劉邦碰上了，這也叫作天堂有路你不走，地獄無門你自投吧！他們今個兒是死定了！

項思龍眉頭一揚道：「不錯，我不是日月天帝，但我是日月天帝的弟子，日月天帝教主已把他的元神和功力融入了我體內，所以我又可以說是日月天帝！你們倆個老怪物，當年施計害死了老教主，今天我要殺了你們為老教主報仇！」

阿沙拉嘿嘿泛笑道：「看來你就是地冥鬼府的新少主項思龍囉！難怪那麼著重劉邦了，兄弟倆可也情深意重啊！小子，想殺我們為日月天帝這老傢伙報仇？哈，也不怕大風閃了舌頭，你算老幾啊？識相的還是交出『聖火令』和變色龍寶衣，我們還可饒你們不死！否則，你們將死無葬身之地！」

枯木真師倒是顯得比較冷靜的道：「小子，武庫是不是被你們開啟了？裡面的元神金丹和武學典籍呢？快點交出來！膽子倒也挺大的，竟然開啟武庫中的毀滅機關，發動了全島的機關想殺光我們！不想，我倆人卻福大命大，沒有死！」

阿沙拉也道：「現在我們魔教被你們給毀了，我們就要殺光你地冥鬼府的人！想不到本座終橫一世，連日月天帝這等鬼雄也栽在我手上，今天卻被你們這兩個無名小子弄得如此差點沒命的慘景！他奶奶的，老子會捲土重來的，待中原落入我們手中，我要讓你們中原所有人都淪為奴隸！」

項思龍嗤笑道：「你們兩個老怪物囉唆夠了沒有？我們中原地大物博，人傑地靈，豈是你們一個小小的魔教可侵擾的？快動手吧！老子沒時間陪你們了！」

劉邦這時也壯膽道：「想要元神金丹啊！等本少爺拉了尿，你們再慢慢去找吧！噢，不過我想也沒這個機會了，因為你們馬上就要上西天去了！」

阿沙拉和枯木真師氣得直是吹鬍子瞪眼睛，哇哇大叫聲中果也不再多說什麼，身形雙雙縱起，向項思龍和劉邦分撲過去，一出手就是拚命架式。

一時間勁氣瀰漫，殺機盈空，項思龍對劉邦說聲：「小心！」

拔出鬼王劍，同時也縱身向枯木真師迎去，大喝道：「老怪物，讓本少爺為你超渡！」

劉邦也手執天劍，凝神提氣，衝阿沙拉道：「頑強不死，本少爺神功初成，就拿你來試招吧！可不要不禁打，三招兩式就玩完了！」

阿沙拉怒極反笑的道：「小子，找死！本座就成全你吧！」冷喝聲中已自腰間解下了一柄通體赤紅的軟劍，隨手「唰！唰！唰！」一抖，幻出無數劍花，如毒蛇吐信般向劉邦擊至。

劉邦所會的武功招式可是有限，但想著自己現下功力深厚，竟是不退反進，展開雲龍八式劍法向阿沙拉硬碰過去，劍勢倒也快捷迅猛異常，尤其是天劍在劉邦功力的貫注之下，紫金色彩光刹然暴長，一吞一吐的教人感覺防不勝防。

阿沙拉冷笑一聲，暗忖你這小子的功夫老子又不是沒見過，竟然與我硬碰，簡直是不知死活！

心下想著，不以為意的與劉邦硬接了一劍。

「噹！」的一脆響，火花四射，劉邦和阿沙拉雙雙身形暴退五尺。

哈，我硬接住了阿沙拉一劍吧！除手腕感覺被震得刺痛外，也沒什麼受傷的嘛！看來我真的可以算是武林高手了！

劉邦心下樂歪歪的想著，信心大增，嘻嘻笑道：「老小子，怎麼樣？老子不好惹了吧！」

阿沙拉心下暗暗震驚，方才與劉邦一記硬拚，竟是震得自己手腕一陣發麻，心頭也覺氣悶異常，看來這小子當真是今日不同往昔了！難道是他服了元神金丹？

心下如此想著，口中卻是冷喝道：「小子，得意什麼？本座方才只施發出七層冥王神功功力，你能接下也沒什麼大不了的！現在就讓你見識一下本座的真正功夫！」

劉邦嗤笑道：「你沒盡全力，以為本少爺盡全力啊！方才我也只使出了全身勁力的十分之三四呢！現在可沒這麼便宜了！看招！」

言語間，展開「百禽身法」，把功力提升至極限，天劍頓然毫光大作，映得已是黃昏的夕陽也為之失色黯淡下去，劍嘯之聲更是不絕於耳，雲龍八式中的「天殺式」也應手而出，剎時間去觀地面沙石飛揚，勁風大作，劍罡有若天馬行空狂風暴雨般向阿沙拉擊去，氣勢端的是教人不戰已是為之膽寒。

阿沙拉心頭大是驚駭，也把功力提至極限，冷哼一聲，手中長劍化作一道長虹，毫無軌跡可尋的變化莫測的也向劉邦擊去，硬架劉邦這氣勢逼人的一劍。

「轟！」狂猛的氣勁交擊，二人均是招勢不減，兵器交擊之聲不絕於耳，兩條人景交換互移，在漫天氣勁裡閃跳縱躍，你追我逐，也不知是誰占了上風。

項思龍服下元神金丹後，只覺自己體內真氣又上了一個大台階，連全身每一個穴道，每一根筋絡，每一塊肌肉裡面都是真氣，但整個人卻又氣定神閑，也不知全力一擊之下，威力到底有多大，但他邊漫不經心的接著枯木真師一浪接一浪喝聲連連的狂命攻擊，邊目注著劉邦和阿沙拉打鬥的境況，毫然沒費一點心神和力氣，只覺意念會自然而然的有了危險時就會自動發招迎擊，還是他不想這麼殺死對方，免得讓劉邦氣餒，在等著劉邦解決了阿沙拉後，再出殺招，這樣會滿足劉邦的虛榮心，增強他的自信。

枯木真師已是累得驚駭不已，亡魂大冒，他可已是把功力提至了最高，絕招已是悉數施出，並且使出了屍毒，可項思龍卻根本沒把他當一回事，像是在貓戲老鼠般。

「噹！」激響震徹空間，劉邦和阿沙拉終於分了開來。

劉邦踉蹌走了幾步，但很快穩住身形，臉色有些發白，額上汗珠隱現，身上傷痕累累，鮮血不斷流下，染紅了大半個身子，但全都是些無關緊要的輕傷，只是被阿沙拉長劍劃破了些表皮，最深的傷口也不到兩寸，要害處更沒傷著。

阿沙拉可就不一樣了，因軟劍柱地，支撐著身體，看似全無傷痕，但眼耳口鼻全都滲出血絲，形狀淒厲之極，緩緩的倒在地上，動也不動，死翹翹了！

劉邦重重的吸了兩口氣，咽了一口喉間過多的唾沫，上前踢了一腳阿沙拉的屍體，伸手抹了一把臉上的汗水罵道：「你奶奶的，裝死啊！起來再打！老子才剛剛鬥出興趣來呢！不會這麼快就了帳了吧！」

話音剛落，卻突見阿沙拉的身體在劉邦的一踢之下，一塊塊的裂了開來，猶如一個被打碎了的花瓶般，身體碎成了幾十塊。

第十一章　煙消雲散

劉邦看得怔了怔，噓了口氣道：「哇咔，真玩完了！天劍的威力可真不賴，殺人連傷口也不會有，也不冒血，真是件寶貝兵刃！」

項思龍看得也是暗暗咋舌，連阿沙拉這等頂尖級高手也如此慘死在劉邦手上，看來劉邦可真是身入絕頂高手之列了！心下想著，衝劉邦喝彩道：「邦弟，好樣的！好了，調息一下！」

劉邦嘿嘿笑著向項思龍擺了擺手道：「項大哥，我沒事的啦！都是些皮外傷，只是累得讓我有些喘不過氣來了！不過非常過癮啊！你也快解決掉枯木真師吧！這傢伙似是見了風頭不對，想溜吧！」

項思龍見劉邦並無大礙，放下心來，哈哈大笑：「在我手下沒有人可以溜走的！邦弟，你給我數著，三招之內我也要讓這傢伙慘死！」

枯木真師見阿沙拉被劉邦殺死，已是嚇得屁滾尿流了，聞得項思龍這話，知自己今日已是毫無生機可言了，當下猛一咬牙，手中長劍招勢一轉，向自己心臟倒刺過去，慘叫一聲，身體「撲通」一聲倒地，竟是自殺了！

項思龍正準備大施殺手，見枯木真師自殺，收了鬼王劍，啐道：「還算你有自知之明，否則老子也會讓你死無全屍！」

說著，走向劉邦，看了一下他的傷勢，自革囊裡掏出些金創藥為他敷上，又取出日月天帝送給自己的變色龍寶衣，著劉邦穿上，自己則披上了變色龍披風遮掩身體，同時也為自己易了一個容。

忙完這些後，天色已是暗了下來，劉邦對項思龍道：「項大哥，咱們可是有一整天沒吃東西了，肚子可真有些餓呢！找個地方休息一下，也去弄些魚來烤了吃吧！」

項思龍點了點頭道：「嗯，是有些累了！今晚休息一下，看看明天笑面書生他們能不能找到這島上來！如沒來的話，咱們可得另想辦法離島！」

正當二人揮掌擊出一個大坑，把阿沙拉和枯木真師埋好之後，突聽得天絕的呼叫聲傳來道：「少主，你們在島上嗎？我是天絕！少主，請回答我們！」

劉邦驚喜的跳了起來回答道：「我們在島上！快來接我們離開這鬼地方！」喊罷，又對項思龍道：「哈，咱們不用餐風露宿了！」

不多時，有三艘燈火通明的船隻已清晰可見，笑面書生、天絕、上官蓮等都在船頭上，一臉的驚喜之色。

項思龍對劉邦說了聲道：「咱們上船！」言畢，身形縱起，向來船飛去，劉邦大呼：「等等我！」也飛身跟緊項思龍。

待項劉二人剛一落船，上官蓮就已上前拉著項思龍左看右瞧了好一陣才道：「都快嚇死了！方才魔島大爆炸，我們還以為你們二人……沒事就好！沒事就好！」

笑面書生這時一臉訝異之色的問項思龍道：「教主，魔島到底發生什麼事了？焚天邪神他們呢？我們不是約好了待教主通知向魔島發生總攻的麼？怎麼……」

項思龍截口道：「這事說來可就話長了，待後再慢慢告訴你們吧！對了，你們是怎麼衝過食人鯨的防區進入此處海域的？易凡他有沒有與你們聯繫上？」

笑面書生面色一沉道：「易凡是與我們接頭，但他……已被食人鯨咬得不成人形了，並且那些食人鯨口中含有劇毒，所以當我們見著他時，他已是奄奄一息，剛報完魔島情況，就……也幸得他傳來如此重要的情報，要不我們可能全都要葬身食人鯨口中了。

「一得消息後，我當即調整了對敵計畫，想先破去食人鯨群再說，可當我們施毒毒死食人鯨，魔島就傳來了巨大的爆炸聲和慘叫聲，我們見了均是心下大驚，不知教主等下落如何，於是在這附近海域四處尋找，總算也被我們找到了！」

項思龍聽易凡死去，心下一陣黯然，想起焚天邪神等全都殉難更是一陣神傷魂斷，慘然的把自己等上魔島後所發生的情況述說了一遍，劉邦在一旁自是附和的添油加醋，當說到自己被阿沙拉誘入冰火洞，焚天邪神等遭誅殺時，所有人都默不作聲的靜了下來；當說到自己偶然發現碧玉斷魂劍的秘密，開啟了武庫，得到元神金丹時，大家又不約而同的嘖嘖稱奇起來，只有笑面書生似顯得有些羨慕；當說到自己二人從秘道逃出魔島，並開啟了毀島機關時，大家又歡叫了起來……

直至說到自己和劉邦誅殺了差點漏網的阿沙拉和枯木真師，項思龍才不無感慨的道：「西方魔教已是終於被徹底的毀去了，中原武林也就總算沒有外患了！飛雪，從今以後你就是西方魔教的新任教主，接掌整個西方魔教的事務，不過西方魔教太難聽，還是更名為日月神教的好，希望你任了教主之後，能像你外公的先輩一樣，讓日月神教再放異彩，成為中原響噹噹的名號，不要學你父親般走極端，要把日月神教創建成為中西方化、經濟交流的橋樑，而不要再使之成為戰禍的根源！」

笑面書生一臉肅然的恭聲道：「教主既是我義父，又給了我新生的機會，讓我知道了人世間真善美的溫情，使我徹底的感悟了人生，我一定不會辜負教主重托的。我身上的血液流的有一半也是中原人的血，我也可說是半個中原人，我笑面書生今日向天起誓，當一定會為促進中西各方面的交流而努力，做一名友誼使者，決不會再在我笑面書生有生之年讓我們西方國家進犯中原。」

說到這裡頓了頓接著又道：「不過，教主，我想西方魔教也罷，日月神教也罷，都已經成為歷史陳跡了，所以我想把原西方魔教在中原的勢力全歸在地冥鬼府門下，讓地冥鬼府來統領中原武林，因為中原的事還是讓中原人解決的好！至於我，也不想再涉江湖，西方魔教一滅，我的心願也已了！教主給我的教育太過深刻了，我自覺自己一生罪行深重，所以想身入空門歸依我佛，以化解我今生前世的罪行，還請教主諒解！」

項思龍見笑面書生語氣甚是誠懇堅決，不由得感歎一聲，感慨滿懷。

想不到笑面書生這等魔頭竟也能看破紅塵，不再貪念功名利祿，此份悔改也確是他最好的歸宿了！其實說來，自己可也對他有點放心不下呢！他既自願放下屠刀立地成佛，自己可真是歡迎還來不及！俗話說「知過能改，善莫大焉」，自己也不是那種小氣的人。

心下如此想著，當下點頭道：「飛雪能看透人生功名，確乃是人性的一份大徹大悟！願你能成為一代得道高僧！」

笑面書生笑了笑道：「承教主吉言！天鋒與我商量過了，他也自感一生罪孽深重，所以想陪我一同出家，一來以為下世積積功德，二也為他母親天山龍女祈禱祝福！」

項思龍一怔道：「飛雪可是想好了！在我中原有句老話，『不孝有三，無後為大』，天鋒如也身入空門，那……你還是最好能勸勸他！」

笑面書生淡然道：「他已經決定！如果教主不想讓我絕後的話，但求你能救活天山龍女與她結成連理，生下一子半女的就過繼個給我，作為我的後人吧！」

項思龍臉上一紅道：「這……我們不要再談這個了！嗯，夜已深了，我們還是先吃飽了休息一下，明天起回西域吧！」

劉邦忙接口道：「是啊是啊！肚子都餓得咕咕叫了呢！」

一宿無話，翌日項思龍和劉邦睡至日上三竿才打著呵欠醒了過來。

上官蓮、笑面書生、天絕等都早已起身在甲板上曬太陽聊天了！

見著項、劉二人的慵懶之態，上官蓮笑罵道：「你們兄弟倆個，像是對同胞兄弟似的，都是這麼的懶！嗯，我們都已經用過早膳了，你們自己去著下人給你們準備食物吧！我們現在還不能起航返西域，荊軻和烏牛天尊、鬼青王還沒有與我們聯絡上呢！也不知他們到哪尋你們去了？」

項思龍和劉邦對視一眼，不約而同的笑了笑，轉身漱洗找吃的去了。

當他們剛用完早膳時，只聽得上官蓮歡呼道：「鬼青王，你們終回來了！

咦，你們手上擒著的是什麼人？」

鬼青王答道：「是趙高這老傢伙！對了，老夫人，少主他們找到了嗎？」

項思龍聽抓到了趙高，頓忙從船艙閃身到甲板上，衝著正駛近自方等的船上鬼青王大聲道：「我沒事！嗯，抓到趙高了嗎？快把他帶上來！」

鬼青王見了項思龍似是終於定下心來，臉色愉悅的應了聲「是」，提著一人飛身上了項思龍這方的船隻，卻見趙高已昏迷過去。

項思龍上前出指解了趙高身上被制穴道，趙高「啊」的一聲睜開了雙目，見著項思龍似是又有些驚慌又甚是欣喜的頓忙開口道：「教……教主是你啊？怎麼也來了南海了！嘿，屬下正押了解靈想去找你呢！」

項思龍冷冷道：「是嗎？不會是去南沙群島向你爹阿沙拉通風報信吧！哼，你膽子倒也挺大的，竟然冒著寧可被我所下的斷腸丸毒死的危險，也把我易容成古里木混進南沙島的秘密告知了阿沙拉，讓我險些枉死！你奶奶的，想不到老子能大難不死吧！怎麼？又得了什麼消息去報信啊？只可惜就算你送去南沙群島也沒用了，你老爹阿沙拉和枯木真師這兩個傢伙已下地獄去了！」

趙高嚇得面無人色，脫口道：「原來……原來教主早就安排好一切，且知道我作內奸的事了！不過，這不關我的事啊！我本已是決定誓死效忠教主的，誰知被枯木真師派往西域暗中監視古里木的千面人魔碰到，他施法解去了我身上的斷腸毒，且命我作為內奸收集教主這方面的情報，我……我鬼使神差之下竟聽了他的話……這……還好教主洪福齊天滅了魔教，真是恭喜教主賀喜教主了！」

項思龍冷哼一聲道：「想不到真是你出賣了我們！趙高，你他媽的若不是歷史……若不是還有利用價值，老子真想把你給撕屍了！」

劉邦這時也出來了，頓忙道：「趙高這老傢伙作惡多端，當今天下的不安寧就是他一手給造成的！項大哥，殺了他算了！」

趙高聽劉邦叫項思龍「項大哥」，又看項思龍再也不是日月天帝模樣了，只是披著日月天帝的披風罷了，心下本已產生的懷疑頓然明確了，又驚又喜的道：「原來教主就是名震江湖的項少俠啊！嘿，項少俠乃是我義父獨行的弟子，那咱們可還是一家人呢！項少俠，我……」

趙高還想說些什麼，項思龍已是冷聲喝道：「誰跟你是一家人了？你這傢伙遺禍天下不說，還是個忘恩負義的不肖之徒！孤獨前輩養育了你，你竟然以他的誓言要脅他助你作惡，你還算是人嗎？」

劉邦也大喝道：「你篡改遺詔，賜死了太子扶蘇，立了昏君胡亥當權，天下被你鬧得雞犬不寧，你是歷史罪人？本少爺今天就劈了你！」

項思龍見劉邦當真作勢欲殺趙高，頓忙喝住了他道：「邦弟，不可亂來！趙高對我們來說目前還是一顆非常有用的棋子，天下既已被他搗亂了，那麼也就應由他來平定，我們可利用他徹底毀去秦王朝再立新政！」

趙高聽出了一線生機的希望，忙媚笑道：「是啊是啊，我是個千古罪人，理當該死，但我現在決心改過從善了！項少俠有什麼吩咐但請儘管說來就是，我趙高定當赴湯蹈火在所不辭，但請饒我這條殘命就行了！」

項思龍心下自是恨不得即刻殺了趙高，但想著他乃是歷史中有定數的人，只得強忍住這種衝動，心念一動計上心來，想讓趙高來譜寫真實歷史。

聞言，泛泛的道：「我不會殺你的，會弄髒了我的手！至於有什麼要你做的事，還是留待以後再說吧！時機到了，我自會對你講的！現在為了讓你安守本分不再背叛我們，本少爺就賞你一記七煞掌，廢了你的武功，並且這七煞掌內含有天下兩大毒物的劇毒，冰蠶和七步毒蠍，除七絕中第一絕金錢蛇可解此毒外，天下再也無藥再解，隔三月就會發作一次，其痛苦會讓你生不如死，一年之後如不解此毒，必將全身潰爛而亡，所以你要想活命，非得我本少爺不可！這次是看在孤獨前輩面上給你的最後一次機會了！」

趙高聽得臉色發白時，項思龍已是雙掌一錯向他氣海穴、丹田穴和中樞穴，膻中等運氣大穴擊去，待項思龍收掌立身時，趙高已是如一條死魚般癱軟在地上，口中脆弱的喃喃道：「完了！完了！武功沒了！報應啊！唉，能保住一條小命也算不錯了吧！這下我也該安守本分了！」

鬼青王這時對項思龍又道：「少主，解靈已被救下了，不過他……他的武功似乎被趙高用什麼方法給封住了，連鬼影修羅前輩也解不開！」

項思龍聞言心下一沉道：「把他帶上來讓我看看！」

鬼青王領命剛欲退下時，孤獨驚鳴已是抱著一人躍至身前，嘻嘻笑道：「不用去了！呔，這小子體內真氣息象全無，似快要死了似的，大概是中了什麼奇毒吧！我也看不出他中了什麼怪毒，但如此下去，這小子如不能解毒就死定了！」

項思龍冷眼望向趙高道：「你到底在解靈身上動了什麼手腳？」

趙高苦笑道：「這可也不關我的事啊，也是千面人魔把他弄成這樣子的！」

趙高話音剛落，鬼影修羅提著一人也躍上船，把一老者拋往項思龍面前道：

「這傢伙就是那什麼千面人魔了，少主你就問他吧！」

老者功力似是被制，被扔得悶哼了一聲，爬起後冷冷望著項思龍道：「你就是日月天帝了，怎麼一點也不像？嘿，老傢伙……」

老者剛罵到這裡，劉邦已上前狠踢向他足上要穴，使他不由自主的跪在了項思龍面前，大喝道：「老傢伙，還硬個什麼鳥啊？你們阿沙拉元首和枯木真師教主都被我們幹掉了，南沙群島也完了，還是放乖點吧！」

老者聽得臉色大變的失聲道：「什麼？這……這不可能！元首和教主已經安排得萬無一失，南沙群島猶如銅牆鐵壁，怎麼會如此輕易被破？」

劉邦哂道：「本少爺的大哥自有妙計的了！想知道情況嗎？那你還是先乖乖的說出對解靈到底動了什麼手腳吧！」

老者似真極想知道真相，忙道：「他中了無色無味的海棠花毒，此毒專封制人的功力，可以讓人進入假死狀態，端的是厲害無匹，當今世上除阿沙拉元首的冥王神功可逼出此毒外，再也無藥無人能解！」

項思龍沉吟的望著甲板上的解靈道：「我就不信這個邪！嗯，你們在我們內部還安插有多少內奸？快快從實招來！」

老者被項思龍威勢所迫，又見自己孤身一人，忙喏喏道：「所有人都被你屬下抓住了！本打算回島與你們全力一拚的，現在看來……」

項思龍一想著焚天邪神等的死，心中就有氣，不待老者把話說完就衝鬼影修羅道：「把那些魔崽子全殺了拋到海裡餵魚！」

鬼影修羅欣然領命，施功吸過面無人色的老者，嘿嘿怪笑道：「好久沒有殺人了，正好拿你們開刀試試我的鬼劫神功！」言罷，已是閃身不見。

笑面書生這時歎了口氣道：「怨怨相報何時了？教主，你日後也……這世人沒有絕對冥頑不化的人的！」

劉邦不以為然的道：「誰有心思去做孔夫子啊？殺了他們乾脆俐落！反正那些魔崽子作惡多端，殺了他們也是罪有應得！」

項思龍心下也正是劉邦這等想法，他對魔教太不放心了，只有殺光他們才可以防止他們死灰復然，但口中卻還是苦笑道：「飛雪的建議我會記住的！嗯，現在大家全都會齊了，還是起航回西域吧！」

七天後，船隊終於抵達西域碼頭，卻見孟姜女、苗疆三娘、石慧芳、舒蘭英等一眾諸女連同鬼王四護法四執法、鬼靈王他們早就在碼頭守候。

項思龍剛一上岸，一眾夫人就圍了上來，嘰嘰喳喳的對他噓寒問暖個不停。

劉邦在旁見了對天絕道：「唉，項大哥可真是有福啊！這麼多嫂子關心他，我們呢？卻只是形影相弔孤身一人，真是……」

劉邦的話還未說完，天絕就已望著迎面走來的羅剎雙豔衝劉邦喝道：「誰說我跟你一樣？我也有美人來迎接我呢！」說罷，已大呼大叫的向羅剎雙豔奔去。

劉邦見了一臉苦色的大呼道：「天啊，原來這世上只我一人孤獨無比！」

項思龍這時脫出了眾位夫人的糾纏，走到劉邦身邊，笑道：「幹嘛這麼淒慘悲涼啊？呔，別說大哥我不關照你，那邊有兩個小美人，你自己去泡吧！」

說著指了指在不遠處含笑望著自己的石慧芳和孟無痕，接著又道：「瞧，他們正衝著你笑呢！看來是對你有意思了，還不快上！」

劉邦見了二女美色，已是色授魂迷，大叫：「美人！真是美人！」

也不知聽清項思龍的話沒有，已樂歪歪的向二女走去。

項思龍見了不置可否的笑了笑，在一旁靜看劉邦泡妞手段。

劉邦走到二女身前，先露出一個自以為瀟灑的笑意道：「兩位大姐怎麼獨自站在一旁啊！是我項大哥的朋友嗎？」

石慧芳聽得劉邦的話，本待想發怒，忽地想著自己何不通過他來與項思龍接近呢？他倆可是情如手足的結義兄弟啊！

如此想來，當下也送了劉邦一個迷人的微笑道：「是啊！劉大哥怎麼不去跟項大哥聊天，跑這裡來跟我們搭訕啊？」

劉邦被對方的甜笑迷得魂都飛上了天，要知道石慧芳本為青樓女子，又是當年四大名姬之一石素芳的女兒，自是一手一足之間都帶著勾人心動的媚態。

劉邦咽了口口水，嘻嘻道：「我看兩位姑娘與我一樣同是天涯淪落人，沒有人來關心你們，所以想……」

孟無痕性子較直，甚是看不慣劉邦的輕浮，冷聲道：「所以想來泡我們是不是？哼，我們都已經心有所屬了，不勞你來關心！」

劉邦一愣洩了「天機」的道：「什麼？已經心有所屬了？可項大哥方才對我說你們還是單身貴族，所以叫我來泡你們的呀！」

二女一聽臉色大變，齊齊向項思龍望去。

項思龍看了二女目光，心下一突，知道劉邦把事情弄砸了，心下有鬼的忙轉過目光，不敢與二女對視。

可劉邦這時不知是有意還是無意的喊項思龍道：「項大哥，你過來嘛！兩位姑娘說她們已名花有主了，你怎麼騙我啊？弄得灰頭土臉的！」

項思龍這下可是不能再躲了，忙走了過去打個哈哈道：「嘿，兩位姑娘可不要見怪，我這兄弟就喜歡開玩笑！」

劉邦暗中對項思龍擠了擠眼道：「項大哥，你方才是那麼說的嘛！嘿，兩位姑娘的心上人或許就是大哥你呢！」

劉邦這話，可把項思龍和孟無痕、石慧芳給鬧了個滿面通紅。

幾人氣氛一時尷尬的沉默了下來，項思龍可知道二女都對自己大有情意，可為了不再涉及情場，所以想叫劉邦為自己解困，誰知這小子……不但沒幫上忙，反來個……這下自己可或許又有得麻煩了！

孟無痕和石慧芳本是對劉邦和項思龍的「惡作劇」一肚子的氣，可劉邦這話卻頓然讓她們心中的氣給消去了一大半，反有一絲甜甜的感覺。

劉邦見自己一試之下果也有了端倪，歎了口氣道：「落花有意流水無情，無心插柳柳成蔭！項大哥，你的好意我心領了，可我還有自知之明，人家姑娘喜歡的是你，你還是好好把握吧！這兩個美姑娘可不賴！」

說著，已是一溜煙走了，去與鬼影修羅搭訕了起來。

項思龍感覺自己的額頭都在冒汗，沉默了好一陣，才乾咳了一聲道：「這個……嘿……我邦弟這人就這麼愛開玩笑的，你們不要放在心上！」

孟無痕卻是突地大膽的道：「不！他說得沒錯！我和慧芳表姐是都喜歡上你了，已經發了誓，這一輩子非你不嫁！」

項思龍聽得心下發毛，想不到孟無痕這麼坦白，比她母親孟姜女可是大膽多了，喉嚨發澀的道：「孟姑娘，這……我……」

哽咽了老半天仍是沒說出一句完整的話來，張碧瑩等幾女不知何時已圍了上了，怪怪的含笑望著項思龍，舒蘭英嬌笑道：「怎麼？這麼快就自行搭上線了？我和碧瑩姐姐正準備去對你說這事呢！」

項思龍聽得一頭霧水的道：「你們準備對我說什麼事啊？」

張碧瑩笑罵道：「還裝什麼蒜啊？這次是我們眾姐妹一致全體通過了的，你也不必怕什麼的了！反正你小子是出名的多情種子風流公子，女人見了你，沒有幾個能不被你迷住的，所以一致決定以後任你想娶什麼女人想娶多少個老婆，我們也不加以限制的了！像你這等出色的男人，本就無法獨享，那也就只好由得你囉！唉，說來人生苦短，我們幹嘛要節制你呢？只要你能公平的對我們每一個姐妹就夠了！」

項思龍想不到自己一向最怕的「母老虎」張碧瑩也會說出這麼一番寬容的話來，幾乎不相信自己的耳朵，怪怪的望著她，半天沒有說話。

不過，想想也是，在這古代男人沒有幾個不是三妻四妾的，因為男的都拉去當兵了，女人自也就供過於求，只好幾個同嫁一夫了！再說，這古代的文明還不發達，對於婚姻也沒個規定，所以近親結婚亂倫現象屢見不鮮，尤其是一些少數民族更是對於男女關係絲毫不加約束，各種怪異婚姻都有。

舒蘭英見項思龍呆呆不語，伸手觸了一下他道：「思龍，你怎麼啦？不相信碧瑩姐的話啊？嘿，她說的是真的啦！在你此次遠涉南海之行的這段時間裡，我們眾姐妹無不對你牽腸掛腸，都覺得應對你關心一些，所以便共同商討了這個決定了！我們與無痕妹子和慧芳妹子都已經商量好了，她們對你很有情，我們也同意你娶她們！這下你可高興了吧！又讓你得了兩個便宜夫人！」

項思龍到這刻才恍然大悟，笑得甚是勉強的道：「這……這……」

正這麼不知所措時，上官蓮已走了過來笑道：「大家有什麼話還是回府再說吧！反正談情說愛的話是永遠也說不完的！」

鬼影修羅接口道：「不錯，年輕人的情話是永遠也說不完的！」

劉邦嘀嘀咕咕的道：「可是我現在卻是沒人陪我說情話呢！」

眾人回到地冥鬼府後，大擺宴席喝了酒氣熏天。

項思龍也不好意思再推脫孟無痕和石慧芳二女了，免得傷了她們的心。

反正多了這麼兩個如花似玉的美人兒，自己也不蝕本，何況眾位夫人都已是全都同意自己娶她們了的，不要白不要，要了也是白要。

正當眾喝得鬧哄哄時，忽有衛士來報說府外有自稱是項思龍和劉邦朋友的一幫人求見。

項思龍心下納悶之下，與劉邦一道出府去看來者何人。

剛到得府門外，劉邦見了來人歡呼大叫了起來道：「岳父，眾位兄弟、四香、盧綰、沙皮狗，是你們啊！怎麼你們……」

項思龍此時也歡叫起來道：「岳父，是你們來了！」

管中邪見了項思龍，三步並作兩步的衝上前來，一把抱住項思龍，激動得淚流滿面的道：「思龍，是你麼？真的是你啊！我們可都掛牽死你了！」

樊噲、周勃、夏侯嬰幾個見了項思龍，也是一陣狂喜的親熱。

待眾人平靜下情緒後，劉邦為四香、盧綰、沙皮狗張敖、周勃等人與項思龍作了相互介紹，盧綰等都已聽得項思龍的大名，都一臉崇拜恭敬之色的向項思龍行禮。項思龍看著盧綰、周勃、張敖幾個歷史上記載的劉邦身邊將來的幾名得力大將，也是對他們客氣非常。

劉邦見了，笑道：「大家都是兄弟了，何必這麼客氣呢？走！我們剛好打了個大勝仗凱旋歸來在慶祝，大家去喝上兩杯，慢慢的聊各自別後之情。」

說著望了盧綰一眼，笑道：「盧兄，四香我……」

劉邦的話還未說完，盧綰就已哂道：「我這條命是劉將軍救下的，四香我已對她們說妥了，劉將軍如願把她們留在身邊，就收了她們為奴為婢吧！」

第十二章　天山龍女

劉邦聽了眉開眼笑的大喜道：「太好了！那我也就卻之不恭接受了！」說著走到一臉嬌羞之色的四香身前，一人摸一把道：「你們可否願意跟我？」

四香雖是風月場中的人，但面對這麼多人的面卻也是膽大不起來，只鼻中輕若蚊蚋的發出低低的聲應道：「願意。」低垂著紅透耳根的臉，不敢與眾人對視！

劉邦看得大樂，衝項思龍嘻笑道：「項大哥，這下我也不寂寞了吧！」

項思龍不以為然的笑了笑，沒理劉邦，只一臉詫色的問管中邪道：「聽邦弟說岳父等不是被秦嘉他們困在東郡城的怡春院了嗎？怎麼你們……」

管中邪見了項思龍也是有滿肚子的話要問他，聞言頓忙答道：「這事說來可也多虧那項羽了，他和其叔父項梁一路北進，所向無敵，一路上無論是秦軍還是各路反秦義軍都被他們殺得落花流水，無不聞風喪膽。陳嬰、雅布等多支起義軍都歸降在了他們座下，攻擊至下邱時，已是擁有十多萬的勁旅了。待他們攻擊至駐守在彭城之東的楚王景駒地盤時，秦嘉聞之當即再也不及顧得我們，領了各大主帥風風火火的趕去救急，可因他和景駒都不願歸順項梁叔侄，雙雙被殺。

「守在東郡城的丁公、季布和秦鳳等又豈是我們的對手？我們幾人傷勢一好後，當即便衝殺出了東郡城，季布和丁公都是貪生怕死之輩，早就溜了；秦鳳因對劉邦這小子有意思，也沒阻攔我們。所以我們沒費吹灰之力便脫困了。再後來我們打聽到劉邦被任橫行和田霸押著北上去了西域，趕往地冥鬼府了，我們也趕到了這裡。」

項思龍聽得不勝唏噓，看來歷史終究是歷史，只要自己和父親項少龍這兩個現代人不去從中攪和，是絕不會改變的。這不，秦嘉和景駒二人就如歷史所載，敗亡在了項梁和項羽叔侄手上！

依歷史推算，劉邦在這之後不久，就投靠了項梁項羽叔侄，只不知他的命運到底如何？不過，幸好父親現在失蹤，自己何不利用這點助劉邦度過難關？

想到這裡，項思龍心下有了定數，但又有著一絲莫名的慚愧。

管中邪見項思龍沉吟不語著，似猜知他心中所想道：「項梁項羽叔侄現在是勢高風大，但我們只要避重就輕，也可以獨樹一幟的！更何況有思龍你的江湖勢力相助，劉邦定不會垮下去的！嘿，你知不知道，現在中原武林對思龍你在西域這邊的英雄事蹟傳得沸沸揚揚了，真不知有多少武林豪傑敬慕你的大名呢！想來只要思龍你張臂登高一呼，定有許多人前來投靠我們！」

項思龍斂回心神，淡淡一笑道：「天下是要靠打出來拚出來的，單靠虛名哪能成就大事？我們今後所要走的路還很長呢，劉邦可得全仗岳父多多關照！」

二人正說著時，樊噲、周勃、夏侯嬰幾人已是衝劉邦吵吵嚷嚷的說肚子餓了。項思龍也沒與管中邪再作深談，當下忙道：「大家進府邊吃邊談吧！」

宴散人盡後，項思龍也回房休息去了。此時夜色已深。項思龍懷擁著石青青和舒蘭英這兩個已如溫馴的小貓一般的嬌嬌女，卻是沒有一點睡意。

西方魔教的憂患已徹底消除，可是將要面對的劉邦和項羽的爭霸天下呢？

自己可真是有些厭倦這種打打殺殺的日子了，可……唉，要是能說服父親與自己一道隱居下來或回到現代去，不再理這古代的戰爭仇殺，過一種平靜的無憂無慮生活，那會有多好啊！

只是父親會被自己說服嗎？他已經沉溺於創造歷史的陷阱裡去，憑自己能說服他嗎？還有，自己當不當告訴父親，劉邦乃是他的親生兒子呢？

如真親眼看著歷史的悲劇在自己面前演出，那將是一種多麼痛苦的打擊啊！無論是誰勝誰負，這將都是一場歷史和親情的悲劇！

項思龍只覺自己都快痛苦得呻吟出來了。

也不知父親現在是凶是吉？但看情形，父親也依諾沒有把歷史的天機洩露出去，這也算是他還沒有陷至無藥可救的境地。

看來自己還是去尋回父親的好，如勸說不成，說不得只好用武力控制了他！為了維護歷史，為了歷史的今天和將來，自己不得不……制服了父親，自己和他就再也不理歷史爭鬥了！劉邦和項羽之間的恩恩怨怨就由得他們自己去解決吧！歷史的事情自己也勉強不來！

劉邦得天下，項羽成為一代悲劇英雄！這可是歷史對他們的定位！

自己和父親不應去插手他們的爭鬥，最多只能是助他們滅掉秦王朝！至於歷史的譜寫，也就任由後人去做了，但自己可也得叫劉邦不要寫到自己和父親的任何事蹟就是，想來他會聽自己的話的吧！

想到這裡，項思龍的心情稍稍平靜了些，但明天到底如何，他卻也不能真正把它定格下來，因為這時代還有父親項少龍。

如一天沒有勸說好父親退出歷史舞台，自己就一天不能安寧下來！

翌日一大早，上官蓮就來敲門喊項思龍起床了。

項思龍因一晚沒得好睡，甚是困倦的在二女侍候之下著好衣衫，剛出得房門上官蓮就上前拉住他，低聲道：「笑面書生已帶我去地下秘室見過我師父天山龍女了，思龍你看看吧！你可答應了要救我師父了！」

項思龍心下一突，臉上微微一紅道：「這……真無他法可解那什麼移情淫花毒了？」

上官蓮臉色也泛紅道：「對這奇毒我是一點也不懂，可據西門無敵所說和笑面書生所知，除了施行陰陽雙修大法似再無他法可解！不過，思龍你也就不要管那麼些倫理的了嘛！我師父她長得很美的！她被西門無敵所害時，也只有四十歲許，可她保養得很好，現在看上去也只是二十許間，你不吃虧的！」

項思龍不置可否的苦笑道：「我總覺得怪怪的！姥姥你可是想好了！」

上官蓮有些急了的道：「沒什麼好想的！人命關天啊！」

說著拉了項思龍便走，也不理剛趕出來不明所以的舒蘭英。

項思龍無奈的被上官蓮牽著，心下卻是有些怪怪然的忐忑。

管他的呢！自己可是個現代人，無論與這古代的哪個女人發生關係，也不存在血親亂倫！再說這古代本也就對男女關係處置得亂七八糟的，自己也不是第一次這麼荒唐了，再最後荒唐一次也無妨的吧！

反正自己也有可能離開這古代返回現代去的，這些荒唐的尷尬麻煩也便沒了！自己來到這古代的史命是維護歷史和找到父親回現代去的，至於其他，只要不涉及到歷史，想怎麼荒唐就怎麼荒唐吧！自己也無法拒絕！

項思龍定下心神，被上官蓮拉著下了一個地下室。

地道很深，沿途都派有人把守，看來上官蓮是決意要項思龍救天山龍女了。

轉悠了好一陣子，才終於抵達安置天山龍女的秘密洞府。

笑面書生和鬼影修羅、天絕、孤獨驚鳴等一眾高手都在秘洞，想來是準備為項思龍救天山龍女護法的。秘密四壁都裝有夜明珠，當中是一塊方形巨冰，一美得無法形容有若仙子般的美女正躺在冰塊裡面。

笑面書生一臉怪異的悲沉之色，見得項思龍進來，頓忙衝他怪怪的笑了笑道：「教主，天山龍女可就全靠你救活她了！」

項思龍收回望向冰塊中美人的目光，訕訕道：「難道真無他法解救了？」

笑面書生冷漠的搖了搖頭道：「移情淫花毒乃是天下淫毒之最，它侵入的乃是人的心脈和血液，中了此毒者本是只要藥量適中，人也不會死去，只是對向她施毒的人自此癡情一生，永遠不會背棄。

「施毒者奪了對方貞操後，也就可一輩子擁有對方，且即便是要甩棄對方，對方也會死纏著你！

「可天山龍女中毒太深，她所服用的毒已經超過了適量藥的三倍有多，毒素已經侵入她的五臟六腑及至腦域，如無至剛至陽功力極為深厚者與之交和，她將永遠不會醒來。

「當年我也發覺了此理，怎奈色迷心竅之下鑄成大錯，不但未救活她，反使毒素侵入她身體更深，自己也因功力不濟而被染上此毒，直經多年運功排逼才保住了性命，可因此一來，使得我的功力大損，也傷了心脈，再也無法把武功更進一步了。想來我也沒多少年可活了吧！淫毒雖被我排出了體外，可我全身經絡皆已受損，終有一日會毒發而亡的！這也就叫作自作孽不可活吧！

「舉天下之間，依我看只有教主才可救活天山龍女了！因為教主功力深厚，又服食了元神金丹，可說是前無古人後無來者，只要教主與天山龍女施行合體大法，把全身陽剛之氣輸入天山龍女體內，同時施功打通她的全身經脈，用移魂轉意大法喚醒她的生命線，並配合對方真氣運功，把她體內淫毒用吸字訣吸納入你的體內，用三昧真火把它煉化使之無毒。

「這樣待打通了天山龍女大周天任督二脈，使之內力也達三花集頂之境，讓她也可運功化煉毒素，七七四十九天之後，方會毒解人活！因她體內被教主注入了陽剛之氣，所以陰毒自然會散！教主，一切都全靠你了！」

項思龍苦笑道：「這法子可真行得通麼？若是萬一……」話還沒說完，上官蓮就已截口道：「不要說不吉利的話！思龍你一定行的！」

說罷，頓了頓，又黯然道：「如果思龍真盡了力，那……那也只怪師父命苦了！不過，無論怎樣思龍你還是先保護好自己啊！如你出了意外，那……姥姥可就沒法活了！還有你的一眾大小老婆和即將出生的孩子，她們……」說到這裡，上官蓮已是老淚縱橫，泣不成聲了。

項思龍不知所措的安慰道：「姥姥，放心！我一定會成功的！」

上官蓮、笑面書生等都退出了秘室，去外室為項思龍護法。

項思龍望著冰棺中的天山龍女，對方那出塵脫俗的美態，讓得他禁不住一陣心跳。為了救人，自己還是不要去想其他的了，斂起神來施法吧！

心下想著，項思龍強抑一顆緊張得似欲蹦出胸口的心，深吸一口氣，揮掌把冰棺蓋子吸開，再緩緩吸出天山龍女放置在上官蓮早就準備好的床榻之上。

伸手一觸玉人嬌面，只覺一陣刺骨寒氣透體襲來，幸得項思龍身俱陰陽兩種真氣，所以沒被冷得縮手回來，只把全身的至剛至陽真氣都緩緩集中於丹田之處，再運至雙掌向天山龍女高聳的胸部發功為她解冰。

不多時，霧氣瀰漫室內空間，天山龍女身體寒意漸去，口中也已發出了低低的呻吟聲，並且聲音越來越高，嬌軀也扭動起來，全身發紅。

項思龍被對方勾魂奪魄的呻吟聲激得情欲大漲，尤其是像天山龍女這等若不食人間煙火的仙子般美人，那種蕩婦的叫聲動作出現在她身上，更引男人慾火。

項思龍也不例外，再說他生性本就風流，這次又是奉命與美人親熱，哪還能不心猿意馬？在對方一把摟住了自己頸脖時，也已熱情如火的與之口舌交纏起來，並且一雙怪手也向對方白若凝脂的軀體摸去。

天山龍女雙目春情蕩漾，動作比項思龍熱情許多，邊雙手撕他衣服邊咿咿嗚嗚的呻吟著在項思龍身上到處狂吻起來，口中更是時時浪叫道：「親親，我要！給我！快給我！我受不了了！好大哥，求求你了！」

天山龍女目中春情如絲，一張櫻桃小口時開時閉。項思龍只覺全身一熱，妙境無究。兩人迅速進入渾然忘我的慾潮之中。

但項思龍的理智還並未被情慾完全吞沒，知道自己此行的重任，當即把功力凝集向天山龍女輸送過去，同時展開吸字訣，把對方體內的陰寒淫毒吸入自己體內，讓自己的功力在天山龍女的四肢百骸緩慢的運行著，同時通過這刻二人完全融後的交流，施展移魂轉意大法把自己的意念注入對方腦域，以喚醒對方的思想，讓她配合自己運功逼毒。

一陣陣的寒氣從下體直透心脈，項思龍大驚之下頓忙再提功力，同時口對口施展吐納之術把功力輸入天山龍女體內，並且催動體內真氣凝成三昧真火，在丹田內把對方傳來的陰寒淫毒一一煉化，才緩緩度過劫難，不過已讓項思龍驚出一身冷汗來，當下凝神全力為天山龍女逼毒，因為此時天山龍女已進入慾海高潮，全身所有機能都已向項思龍開放，正是運功逼毒的大好時機。

天山龍女身上的紅潮漸漸消退，身體的勢度也正在大減，但項思龍所輸功力的刺激和他下體在她體內的盤吸，更讓得她浪叫狂烈，死命的把項思龍緊摟著，水蛇般的纖腰瘋狂地挺舉扭動著，雙手在項思龍堅實的虎背上用力的抓掐著，唇舌與項思龍狠命的交纏著，似乎想歇斯底里的把自己整個的肉體給完全熔化進項思龍給她的銷魂蝕骨的歡樂中。

項思龍知道對方已進入極度高潮了，當即把久蓄的生命精液如決堤之洪般射進了天山龍女體內，天山龍女一陣狂喊大叫，小口咬住了項思龍肩上一塊肌肉，雙爪也深深的掐進了項思龍的肌肉之中，但不多時，卻又像一個洩了氣的皮球般癱軟下來。

項思龍見了心頭大急，知曉此刻乃是緊要關頭，忙湊首在天山龍女耳邊道：「龍女！龍女！快配合我運動調息！與我輸送至你體內的真氣融合起來，打通你自身受阻經脈，同時把你身上的陰寒淫毒輸入我的體內！否則，你體內毒素不能盡除，那我們方才的一番努力可就前功盡棄了！」

天山龍女聞言心神一震，驚羞的問道：「你……你是誰？是西門無敵嗎？你好卑鄙！用這種手段得到我！我寧死也不會從你的！」

說著就欲掙扎著推開項思龍，項思龍聞得天山龍女這等清醒的話語，本是大喜過望，知其淫毒已解，只需日後運功煉化體內殘餘毒素，就可完好過來。但見她欲推開自己，嚇得忙緊抱住她的腰肢道：「不！我不是西門無敵！我是項思龍！你腦海中有我傳輸給你的意象嗎？」

天山龍女聽了當即沒再掙扎了，只是嬌面一紅低聲道：「你是蓮兒的孫女婿項思龍？嗯，西門無敵已被你殺了嗎？是你救活我的？」

項思龍見天山龍女已收到自己通過移魂轉意大法所輸送過去的意念，知道自己這次救人行動已是成功了，頓忙點頭道：「是的！龍女，快隨我傳送給你的意念配合我運功！否則，我們雙雙有毒發而亡的危險！」

天山龍女果也沒再多說什麼，只是一雙秀目又羞又是情意深深的望著項思龍甜笑。項思龍見了心下叫糟，看來桃花劫運又逃脫不了了！

當項思龍和天山龍女穿好衣物，打開秘密大門時，在室外等得心焦如焚的上官蓮和笑面書生頓忙率先衝了進來，上官蓮更是喜極而悲的大叫「師父」，一把投進了天山龍女懷中，而笑面書生則是在旁全身激動得顫抖的呆望著嬌豔如花的天山龍女，似乎渾然忘卻了一切。

天山龍女見得已是老得滿面皺紋的上官蓮，先是一怔，但接著也是又哭又笑的喃喃道：「蓮兒？你真的是蓮兒嗎？煒兒和敏兒呢？」

上官蓮哽咽道：「師父，我是蓮兒！自你被西門無敵那魔頭抓去後，蓮兒可不知有多麼的想念你啊！今天終於與你團聚了！」

天山龍女扳正上官蓮的身體，仔細端詳了她一番，才熱淚縱橫的道：「果然是蓮兒！這麼些年來可真苦了你了！人都憔悴多了呢！」

上官蓮泣中擠笑道：「當然了！蓮兒已是個老太婆了嘛！連孫女都有了！」

二人又再嘮叨了一番，天山龍女才把話題轉移到項思龍身上道：「蓮兒，這位公子他……他是你孫女婿嗎？我們……」

上官蓮知道提起這事很是尷尬，當下忙截口道：「師父，有關思龍的事我以後再告訴你吧，師父難得重見天日，我們應好好慶祝一下才是！」

天山龍女卻一臉又怨又愛的望向項思龍柔聲道：「可也多謝思龍救了我呢！這叫我可也真不知怎麼報答他是好！」

鬼影修羅在旁哂道：「這還不好辦？以身相許不就得了？反正你們……」

項思龍乾咳一聲打斷他的話，尷尬道：「前輩，你毒勢剛解，還是先行休息一下吧！日後還得自行運功去毒呢！」

天山龍女羞澀的臉上一紅，如女兒態的低垂下頭去輕聲道：「多謝項公子關心！小女子會自行照顧自己的！報仇之恩救命之恩難以言謝，還請項公子受小女子一拜！」說著，竟是盈盈向項思龍跪拜下去，只慌得項思龍不知所措的忙俯身攙扶，口中連道：「哪裡！這是晚輩應作之事！」

也不知是天山龍女有意還是無意，在項思龍挽起她時，一個立腳不穩倒撲進項思龍懷中，二人來了個臉對臉口對口。

天絕見了，禁不住大笑道：「這就叫作天作之合！連扶佳人都如此巧合，看來天山龍女是非做項小子的老婆不可了！」

孤獨驚鳴也附和道：「這當然了！思龍俊逸，龍女美貌，二人本就是天生一對嘛！更何況他們二人已有了夫妻之實呢！」

上官蓮也看出了師父對項思龍大有情意，竟也附和道：「那不若請二位作個見證，湊合這樁好事吧！免得成為天下憾事！」

鬼影修羅忙道：「我也湊個熱鬧，作作見證！」

天絕和孤獨驚鳴拍掌叫「好」道：「對，我們作個見證，今日項思龍和天山龍女結為連理之好，願他們永結同心，白頭偕老！」

天山龍女仍偎在項思龍懷中，聽了眾人的話，羞喜得竟是不顧旁人在側的一把緊摟住項思龍，把嬌首深埋進項思龍的臂窩裡。

項思龍這下也不知說什麼是好了，但事已至此，自己想發言拒絕也不行了，更何況難以啟齒呢？再說這樣一個美人兒，不要白不要，反正自己的諸位妻妾已允許自己廣納佳人了，自己也早就作好了心理準備娶這美人的！

怪怪然的笑了笑，看著一臉冷漠之色的笑面書生時，心下又是一陣愧然，不想笑面書生只咬了咬牙，似痛下決心的突地也笑了起來，朗聲道：「當真是雙喜臨門，今個兒可又有喜酒喝了！我笑面書生沒白結識教主！」

在救天山龍女之前，項思龍和笑面書生、上官蓮等幾人都商量過，就是到底讓不讓天山龍女知曉她和笑面書生生了個兒子這事，最後由笑面書生提出並堅持在天山龍女身體心情沒有完全康復之前決不提此事，並且嚴令任何人提及此事，以免觸傷天山龍女的心，教她痛不欲生，所以幾人都沒提出此事。

項思龍聽得笑面書生這帶著幾份苦澀意味的話，走上前去輕輕拍了拍他的肩頭，把一切安慰的話都在不言中說出。

笑面書生目中淚意湧現的激動著哈哈大笑的接著道：「我這便要與諸位告辭了！來，咱們大乾一杯，算是諸位為我餞行！」

說著從腰間解下一個酒葫蘆，率先狂喝了一口，再遞給了項思龍。

除天山龍女外，項思龍等都知道笑面書生心中的苦楚，事業毀了，感情也是一無所獲，這對一個人來說可真算是沉重的打擊，可又是無可奈何的事情。

項思龍接過酒葫蘆，望著笑面書生，沉聲道：「祝你一路順風！」

笑面書生領著鬼靈王、高進、龍武等一批人終於離開了西域，回返他們的國度裡去了，項思龍看著漸漸遠去的身影，心下感覺酸酸之餘，又覺總算放下了一個大石頭，同時盤算著可要毀去伏龍谷中的食人樹和幾具用來製作枯木死士的屍體，至於笑面書生留下的一眾無敵衛士，因他授與了項思龍控制他們和毀滅他們的方法，所以項思龍決定暫時留下來，日後或許對助劉邦打天下會有一臂之力，但當然不會讓他們永遠存活於這世上。

送走笑面書生一行，項思龍對留在西域的所有魔教教徒都作了整改。對於還具有魔性的人一律拿下殺了，同時毀去了兩枚聖火令，以免遺患江湖，又立了鬼青王為地冥鬼府鬼王，授以道魔神功和鬼王千絕斬；荊軻則被舉薦為了匈奴真主，烏牛天尊作輔，張方和曾範乃為旗主，同時授以鬼府神功和鬼王劍法；天絕、地滅、鬼影修羅、孤獨鷩鳴等人則被封為地冥鬼府和匈奴國兩派元老，至於北冥宮則併入地冥鬼府。

苗疆三娘乃被分派往苗疆掌管五毒門，由自己的一眾夫人陪同；苗疆的魔教教徒該殺的就殺，可留的就留，總之以不留下任何後患為前提。

忙活了幾天才處理完這些事情，項思龍衝劉邦伸了個懶腰道：「現在也該來處理我們的事情了！」

召集了盧綰、張敖、周勃等劉邦在歷史上有名有姓的手下，從匈奴兵和魔教教徒以及地冥鬼府的教徒中挑出了三千精兵武裝起來，交給劉邦統領，著盧綰任這個人馬的都統，領了隊伍去接應張良、蕭何等，樊噲、周勃、夏侯嬰等自也被調回軍中，只有管中邪強行要求留了下來。

這一來，又是三四天過去了，項思龍才著人提來了趙高，帶了劉邦、管中邪幾人一起準備進發中原，去實施他助劉邦打天下的宏傳壯志之舉了。

一眾老婆和上官蓮等幾百人前來送行，場面自是悲沉非常。

可上官蓮等也知留不住項思龍，曾盈、張碧瑩二女快要臨產，舒蘭英、石青青幾女又已也有身孕，所以諸位夫人也沒有硬要隨行，只千叮萬囑項思龍可要早日趕回西域，以免她們掛牽，並且都已是淚落滿面。

天絕地滅在項思龍的撮合之下也已結成百年之好，硬是要緊跟著項思龍，連新婚老婆也可放棄，在項思龍一陣好說歹說下才沒有再堅持。

鬼影修羅和孤獨驚鳴、荊軻等也都是一臉難分難捨的悲哀之色，但他們倒也算灑脫些，沒有硬要纏著項思龍。

至於四香已被樊噲等帶回軍中，劉邦倒也沒有什麼牽掛，只見項思龍隨自己重進中原，助自己成就大事，滿心的喜悅。

項思龍的心情自是有些不好過，但為了劉邦，為了中國將來的歷史，他不得不狠下心腸來忍痛與眾親人和朋友離別。

這可全是一些生死與共，建立深厚感情的親人和朋友啊！

送行隊伍直送項思龍等幾人足有一二百里腳程才戀戀不捨的回轉去了。

項思龍心下又是悲傷又是輕鬆的長長緩舒了一口氣。

終於脫出了江湖紛爭的陰影了，也不知自己能否適應到歷史的戰爭中去？

嗯，自己此行的目的是先去尋找父親項少龍，還是先去擒田霸，同時深入秦宮去實施秦朝滅亡的計畫呢？

項思龍望了一眼無精打采的趙高，這老狐狸該怎麼利用呢？現在已是秦二世三年了，再過十來個月，秦王朝就將滅亡了，自己可不能困住趙高延誤了歷史！這看來……還是先入秦宮去實施滅秦計畫吧！

主意一定，當即衝劉邦和管中邪道：「我們此行準備南下咸陽！」

劉邦和管中邪聞言一怔，前者面有驚喜之色的道：「我們去刺殺秦二世？這……嘿，雖是有點冒險，可也真是妙計！只要擒了胡亥，逼他投降，那我們可也就發達了！楚懷王曾有過誓言，誰先入咸陽誰就為王，只要我們取下咸陽，那這天下就有一大半是我們的了，項羽又何足懼哉？」

項思龍見劉邦有些樂意忘形，頓然臉色一沉道：「你以為胡亥那麼好擒嗎？他手下大內高手無數，要殺他談何容易？再說殺了他也沒能動搖秦王朝的根本，他手下的大將章邯還在！我們只有一步一步地拔去秦王朝中的猛將，除去胡亥的爪牙，才能消亡秦王朝！趙高一黨現是已擺平，但胡亥手下還有任橫行、田霸、曹秋道等一眾高手，只有先除去了他們，讓秦王朝中再無猛將，破了秦朝的幾十萬大軍，秦王朝才算真正滅亡！」

劉邦聽得低垂下了頭去，管中邪這時點頭道：「思龍說得不錯！如不先動搖秦王朝的根本，擊敗他的幾十萬大軍，他們就有死灰復燃的可能！不過，我們要入咸陽，這趙高可就大有用途了！」

項思龍「嗯」了聲道：「咱們不要再爭了，一切待入了咸陽城再說！」

項思龍和劉邦、管中邪三人為了避過秦兵搜查和麻煩，所以易容成了趙高手下的三名武將，由趙高出馬闖關，一路上倒也甚是威風的順利入了咸陽。

咸陽在九稷山之南，渭水之北，故又名渭城。

咸陽宮有內外城之分，內城主要由渭水之北的咸陽宮和渭南的興樂宮組成，橫跨渭水，靠長達三百八十餘步的渭橋連貫兩岸交通，形成宏偉壯麗的宮殿組群，規模遠非項思龍所見過的其他郡城所能比擬。

兩宮氣勢磅礡，全部均為高台建築，有上頂天穹，下壓黎庶那種崇高博大，富麗堂皇的氣魄，隱然有君臨天下之像。

外城比內城大了十倍有多，是平民聚居的地盤，當年秦始皇命全國十萬富侯之家全部遷居咸陽，使得這裡商業發達，旅運頻繁。

來迎接趙高的文武百官有上百之眾，排場十足，隆重非常。

劉邦見了禁不住大呼道：「大丈夫理當如此也！」

項思龍聽得一怔，想不到歷史上劉邦竟是在這等情況上說出這句千古名句的，看來史記上的記載是經人虛編篡改過的了。

正如此怪怪想著，忽有太監來說秦二世召見趙高。

項思龍和劉邦、管中邪對望一眼，由前者對趙高低聲道：「不要耍什麼花招！否則，本少爺馬上取了你的項上人頭！」

趙高身軀一顫的苦笑道：「項少俠，我哪敢呢？要知道我中了你的七煞掌，小命可握在你手上呢！再說項少俠武功超凡入勝，我想耍什麼花樣，也累不及你們，我又怎會做出這等傻事？」

劉邦眉頭一揚首：「量你也不敢！領我們也去見見胡亥這狗皇帝吧！」

趙高是真服懼了項思龍，對劉邦的話也連聲應：「是。」

當下一行人在大批文武官員和全副武裝的護送之下馳往咸陽宮。

馬車緩緩開進了宏偉的大門，由圓形的門洞，進入殿前的廣場。大門兩旁設有兵館，駐屯了兩營車隊，由司馬指揮，循例問過後放行車隊前進。

咸陽宮乃是依前朝後寢的佈局建築，外廷是秦王辦理政務，舉行朝會的地方，內廷則是秦王和諸子妃嬪的寢室。

前廷的三座主殿巍峨壯麗，設於前後宮門相對中軸線，兩邊為相國堂和各類宮署；後廷以秦王與皇后的後三宮為主，左右兩方為東門宮和西門宮，乃太后，太妃、妃嬪和眾王子的寢室。

項思龍和劉邦看得心中嘆服不止，管中邪當年則是進過秦宮，倒不以為然。沿途只見殿堂、樓閣、園林裡的亭台、廊道等無不法度嚴謹、氣象肅穆。

內庭建築形式比外廷更多樣化，佈局緊湊，各組建築自成庭院，四周有院牆圍繞，不同區域有高大的宮牆相隔，若沒有引路，迷途是毫不稀奇的事。想到劉邦有一天會住在比這咸陽宮更加豪華的皇宮裡，而他的萬世基業卻由自己一手促成，項思龍不由生出顧盼自豪的怪異感覺。

胡亥召見趙高的地方是後廷的養生殿，也是後宮內最宏偉的木構建築，是三層樓式的高台建築，高台上是兩層樓閣式的殿堂，殿堂兩旁及其下部土台的東西兩側，分佈著幾間大小不等的宮廷，有臥上室、休息室、淋浴室等，各室間以回廊，坡道相連。牆有彩繪壁畫，迴廊的踏步鋪上了龍鳳紋或幾何紋心磚，殿堂和長階則鋪方磚，鋪的是氣派宏偉，富麗堂皇，教人敬慕不止。

才跨入殿門，一聲長笑撲耳而至，只見一個無論體形和手足均比人粗大的粗壯漢子，頭頂冕旒，外黑內紅，蓋在頭頂是一塊長方形的冕板，身著龍紋冕服，墨底美紋，襯著金邊，方臉大耳，貌相威嚴，但雙目神光不足，臉容蒼白，顯得酒色過度，此人大概就是秦二世胡亥吧。

項思龍心下正尋思著，卻聽得皇服漢子對趙高哈哈大笑道：「丞相此次北上西域之行可有什麼收穫呢？據聞西域發生重大變故，不知丞相可知詳情？能否向朕略說一二呢？」話中興災樂禍和挑畔意味溢於言表。

趙高聽得臉色一變，對胡亥他可不賣帳，更何況項思龍幾人也乃是胡亥的敵人呢？有他們罩著自己，即使胡亥的幾名大將曹秋道、田霸、任橫行幾人在此，自己也不必懼怕什麼的。膽氣一壯，冷笑一聲回敬道：「皇上看來近段時間精神挺好的嘛！什麼喜事讓你這麼春風得意啊？可不要得意忘形，樂極生悲了啊！」

胡亥聞言臉色變得陰突非常，目光掃了項思龍、劉邦、管中邪三人一眼，顯得甚是舉棋不定，似是很難做出什麼重大決定似的。

項、劉、管三人因各自生得高大異常，易容成的也是一派江湖高手的粗野打扮，常人見去確會生出不自然的幾份膽怯之意。

沉吟了片刻，胡亥突地打了個哈哈道：「多謝丞相提醒！近來我的確是人逢喜事精神爽，據前方消息說，章邯將軍已經平定了大半作亂叛軍，這難道不是一樁喜事嗎？丞相也應該高興才是啊！」

趙高冷冷道：「皇上召微臣來難道就是為了告訴我這件事？那請恕臣還有要事在身，要先行告辭了！」說完衝項思龍幾人擺了擺手，準備離去。

這時一頗具仙風道骨但卻又陰深可怖的老者從座上站了起來，衝趙高冷喝道：「丞相怎可對皇上如此無禮？」

趙高斜視了老者一眼，淡淡道：「曹國師這話是什麼意思？我對皇上無禮了嗎？我一向都是這麼對他的！今天又有什麼過份呢？是不是想找我的碴兒啊？好！有本事儘管放馬就是！」

老者臉色此時要說有多難看就有多難看，正待回嘴，臉色也是鐵青的胡亥已開口道：「兩位不要再爭了！朕今天召你們來不是讓你們吵架的！朕想帶你們去看一樣遊戲的！好久沒樂了，我們去阿房宮看看那裡的兵馬俑製作怎麼樣了！」

趙高傲慢的道：「微臣沒空，還是讓曹國師和無敵雙英陪皇上好了！」

胡亥這時臉上再也掛不住了，目中殺機一現的沉聲道：「丞相就連這麼一點面子也不給朕嗎？你勾結西方魔教的事，朕也略有耳聞，但念在你勞苦功高的份上，朕也沒與你計較了！但你這般沒把朕放在眼裡，是不是想公然作反啊？」

趙高本待發作，項思龍這時傳音給他道：「不要衝動！去看看胡亥到底搞什麼玄虛！有我在，你死不了的！」

趙高聞言，怔了怔，當即氣焰一減道：「皇上說微臣想作反這話，可真是冤枉我了，想微臣為我大秦江山貢獻幾十年青春，還請皇上不要聽信空穴來風之言！好，為了證明微臣的清白，我就隨皇上去一趟阿房宮吧！」

胡亥聞言，嘴角浮現出一絲勝利的得意笑意，大為開心的頷首道：「看也不信這些傳言，所以看想試試幾位對朕的忠心程度！好了，咱們即刻起程去阿房宮吧！朕已是好久沒有去那裡看了！」

阿房宮地處咸陽之北，乃是秦王朝大施土木的巨大工程之一，可不知耗費了多少勞苦百姓的人力和物力，建築歷時了十多年，占地面積有一萬多畝，至胡亥手中仍在進行著這項奢豪的工程。

阿房宮正門擺著秦始皇廣收天下兵器所鑄煉成的十二金人，每座金人各具特色，神態生動威武，乃作為鎮邪之用並排成兩行氣勢懾人的擺在阿房宮正門處，教人見之即生異樣景仰感覺。

劉邦低聲對項思龍道：「哇，好巨大的金人！肯定是價值連城的珍品呀！」

項思龍心下沉重的低罵一聲劉邦「貪心鬼」，心下卻在為著秦王奢移，農民百姓的水深火熱而惱恨著。

這時突地一聲：「裝死啊！快給老子起來幹活！」的喝斥聲傳來，接著又是一陣皮鞭的拍擊聲和一陣撕心裂肺的慘叫聲。

項思龍不禁聞聲舉目望去，卻見不遠處一施工場上，一名秦兵正揮鞭抽打著一個光著上身，皮包骨頭，傷痕累累，躺在地上奄奄一息的苦工，口中同時大喝著道：「幹這種輕活也捱不了！是不是想去修長城啊？」

這時另一名正肩上扛著一塊大石的苦工實在是看不下去了，不禁為之說了兩句好話道：「長官，這人又病又餓，再打……會死的，還是饒了他吧！」

這名秦兵聞言頓把火氣發洩到了此苦工身上，狠擊了他一鞭，使得此苦工打了個踉蹌，差點跌倒，但秦兵仍舉鞭大喝道：「想作好人啊！是不是活得不耐煩了！」待此秦兵舉鞭欲擊時，項思龍怒火中燒，再也忍不住的大喝了一聲道：「住手！」

請續看《尋龍記》第三輯　卷一驚變

無極作品集

尋龍記 第二輯 卷六 邪神（終）

作者：無極
發行人：陳曉林
出版所：風雲時代出版股份有限公司
地址：10576台北市民生東路五段178號7樓之3
電話：(02) 2756-0949
傳真：(02) 2765-3799
執行主編：劉宇青
美術設計：許惠芳
業務總監：張瑋鳳
出版日期：2025年2月
版權授權：蔡雷平
ISBN：978-626-7464-74-8
風雲書網：http://www.eastbooks.com.tw
官方部落格：http://eastbooks.pixnet.net/blog
Facebook：http://www.facebook.com/h7560949
E-mail：h7560949@ms15.hinet.net
劃撥帳號：12043291
戶名：風雲時代出版股份有限公司

風雲發行所：33373桃園市龜山區公西村2鄰復興街304巷96號
電話：(03) 318-1378　　傳真：(03) 318-1378
法律顧問：永然法律事務所 李永然律師
　　　　　北辰著作權事務所 蕭雄淋律師

行政院新聞局局版台業字第3595號 營利事業統一編號22759935

定價：340元

國家圖書館出版品預行編目資料

尋龍記　第二輯／無極 著. -- 臺北市：風雲時代出版股份有限公司，2025.02 --　冊；公分
ISBN：978-626-7464-74-8（第6冊：平裝）

857.7　　113007119